m

———————— 阅读之前 没有真相

苏格兰游戏

［日］西泽保彦 著

赵婧怡 译

新 星 出 版 社　NEW STAR PRESS

序　章

这一天，是新年的一月一日。

惟道晋早上七点便醒了过来。他原本打算多睡一会儿，可因为在头一天的跨年夜里喝了太多酒，感觉身体热乎乎的。无论如何，他都无法继续睡下去，便索性起了床。

此时，他的妻子还在一旁打着鼾。也许是因为天气太凉，她把被子严严实实地捂在头上，只能看见她那如海藻一般蔓延在被子外面的头发。哪怕是丈夫在她身旁换衣服，她也完全没有要醒过来的意思。此时，惟道的脑中闪过一丝念头，考虑着要不要再缩回被窝，睡个回笼觉。不过最后，他还是放弃了。

仔细想想，好像有点不对劲——他一边洗脸，一边这样想着。其实今天早上，他并没有要特别早起的理由。虽说会有熟人在新年前来拜访，不过那也要到下午了。再说元旦也没有工作要做。

其实今天早上，他并没有特别的安排。可惟道还是觉得，自己似乎是被什么人强行唤醒的。

强行唤醒……他拉开窗帘向外望去，天上那扩散着的薄云，仿佛正代表着他胸中的感觉。对了，惟道终于想起来了。这种仿佛被看不见的手所牵动的感觉，就是所谓的"预感"吧。

他套上毛衣，又披了件外套后，打开了玻璃窗。此时他才发现，原来外面已经下起了雪，而花坛与庭院之中，已经覆盖上了一层银白。

由于昨晚喝得太凶，所以他没等沉迷于电视节目的妻子，就一个人先睡下了。如果能再撑一会儿，就能伴酒赏雪了吧——可事到如今，已经于事无补。这种想法，倒像是为了迎合新年的气氛而勉强拼凑出来的，同时也是为了忘却其他事情。

惟道走进院中，此时他呼出的气息，一出口便立刻化为白气。而透过这股白气，恰好可以看到邻居家的樱花树。

今年新年的雪量，和往年不可同日而语。可当他的身体接触到外面的空气时，却还是感到了一股透心的凉意。今年的冬天与往年有些不同。因为是暖冬，樱花树早早长出的樱芽，像是要把盖在自己枝叶上的薄雪抖落一般，已经膨胀了起来。惟道从出生以来，还是第一次看到这般情景。

樱芽有如不吉的象征一般，加深了他刚才产生的那股不祥的"预感"。

那件事之后，已经过了两年……

此时的惟道，仿佛被什么附体一般，怔怔地站在庭院之中。已经过去两年了吗？不，确切地说，那件事发生到现在，才只有两年时间。

那是两年前的冬天。在惟道任教的班里，发生了三个女生相继被人杀害的事件。因为行凶手法恶劣，所以一开始，警方认为这一连串案件是仇杀性质。但查到后来，调查的思路却更倾向于认定——是变态杀人狂所为。

凶手至今仍未落网。

案发现场，是当时学校的女生宿舍。在凶案发生的那一段时间里，曾有要封锁校区的流言传出。不过到了现在，却已经完全没有了这样的迹象。被害学生的房间，此时应该也已经住进了新的学生。那些新生，应该不知道自己居住的房间，正是以前学姐被杀害的地方吧。关于这一点，他甚至都不想去思考。

尽管凶案发生在女生宿舍，可因为这起事件，甚至连很多男生都不愿报考这所学校。当时应该有不少学生向清莲学园提出了志愿变更的申请，而正因为此，一些当时在分数线上岌岌可危的学生才得以顺利入学。这就是命运吧……

也许自己想多了吧，惟道再次叹了口气。不过本应该关闭的女生宿舍，现在还在继续使用。一想到这一点，他又觉得自己的想法并不为过。

清莲学园并不强制所有学生住宿，而只要求一年级学生住宿。到了二年级，则由学生自己决定是否住宿。所以新入学的学生，就会被强制分配到发生过杀人惨案的学生宿舍中居住。不过对于一些本来实力未必能够进入本校，只是因为凶杀案件的发生才得以入学的学生来说，这可是千载难逢的好机会，哪怕是住进发生过杀人案的宿舍也在所不惜（当然男生就更没有这种顾虑了）。如果是单人房可能还会有些问题，不过宿舍本来就是双人房间，所以其实也并没有那么恐怖……打着这种小算盘的学生，这两年来也确实增加了不少。

惟道知道自己多虑，可还是忍不住去想这件事。恐怕其他教职员工也和他一样，尽管对此诸多疑虑，却都没有说出口吧。

大家都抱着乐观的态度，认为此事终有尘埃落定的那一天。总有一天，此事会随着人们的记忆而风化。到时候哪怕提起这起杀人事件，大家也不会记得到底是发生在男生宿舍还是女生宿舍了吧。

事实也的确如此。在这两年里，事件的冲击已经急速变得稀薄起来。惟道本人对此深有体会。

就在刚才换衣服的时候，他突然注意到了自己的腹部，这两年他胖了不少。也许是因为事件发生后，他马上结了婚，使他从家务劳动中解放出来，体重也随着平淡的日常生活日益增加了起来。

这可怕的杀人事件，只不过是一场梦境和幻影……他几乎没用多长时间，就陷入了这样的错觉当中。不管世界形势如何发展，至少他身边的生活平淡如水——所以要让他陷入这样的"酣梦"，实在是再简单不过的事。

事实上，惟道的确全身心投入到了这样的"酣梦"之中。两年前还住在单身公寓里的他，如今已经靠着妻子娘家的支持，购入了独户的门院。

当然，他有时还是会回忆起那些事件，甚至在梦里也会想起。可每次回味之后，他又往往会感到，事件的余温已经渐渐散去。而与之相反渐渐堆积的，则是自己颈部和腹部的脂肪。

现在的生活，应该可以回归日常了吧。这么想的，其实并不只他一个人。不管是校长还是理事会，大家应该都有同感。噩梦已经过去了。可是……

可是，真的是这样吗？惟道产生了一种痛苦而焦躁的感觉。这件事真的会随着人们记忆的风化，而让一切恢复原状吗？

先不提凶手至今未能落网这一点，毕竟这也是事件结束的一种形式。但哪怕是这样，对于惟道本人来说，却不知道这起事件是否真的结束了。一切真的能够恢复原状吗？他隐隐有股……自己总会为此而尝到恶果的"预感"。

而今天早上，让他清醒过来的，也正是这股"预感"吧……惟道不由地这样想着。正是这样，自己才会从正月温暖的"酣梦"中，不由分说地被强拉了出来。

如果没有这股"预感"，惟道可能会觉得，那样的光景只是梦幻或者错觉吧。现在的气温明明应该比夜晚更高，但眼前的雪片却突然开始飞舞起来。

最开始只是像尘埃一般的雪片，马上就流动成了瀑布之姿。而直到这时，他才突然发现，不知何时，自家的门口正伫立着一个黑色的人影。

此时，惟道产生了某种让他毕生难忘的，犹如恐惧一般的陶醉感。

她的身上穿着一件黑色的大衣。以前那及腰的长发，现在已经变为了披肩卷发。而在这似乎有着催眠功效的雪影中，她的身影，仿佛黑暗中的灯火般浮现出来。

对方的眼睛一眨不眨地盯着惟道。泛青的眼白部分所散发出的光辉，一瞬间让惟道产生了自己已经"死去"的实感。那是一种仿佛在她的瞳孔中死去的错觉，是一种甘美的死亡。想要这样长眠而去……此时惟道的脑中，涌现出了这样的念头，似乎被她所散发的"幻影"紧紧摄住，从而化于虚无。就这样，被埋葬在这一片雪白之中"死去"。

而后他才意识到，其实在这一刻，自己还是死掉才更加幸福。

"够了……"此时他感觉自己犹如在梦中一般，正有人在他的耳边低声呢喃，他不由得发出声响，"我以为，再也见不到你了。"

他发出的声音，仿佛被白雪之幕所吸收一样，也不知道究竟是否传达到了她的耳中。惟道不知不觉间已经双膝着地，仿佛是被打了麻药一般，下半身使不上任何力气。

"不，你……这是幻觉吗？"他像是为了要踢碎这缓缓降下的雪片般，跪在了庭院之中。"真……真的是你吗？不，哪怕是幻觉也好，做梦也罢，只要你在这里就好——"

而她则像雪一般，不，确切地说，是用比雪更苍白而面无表情的样子，低头看着惟道。惟道想要站起身来，却怎么也使不上力气，只能从她的长大衣衣角处看着她的脚。

　　"难道我疯了吗？是我的脑袋出了问题吗？还是因为我太过思念你——不，哪怕这样也好，这样也好……只要你在我的面前就好……"

　　惟道再次想要站起身来，他将手伸向她的黑色大衣，想要纠缠上去。然而，事与愿违，在碰到她之前他便双手痉挛，连她的外套都无法触碰，只能抓住一捧虚无的雪花，任由其在手中融化。

　　惟道在不经意间终于明白了。自己，已经不配再碰触她了。自己已经没有资格站在她的面前。自己已经不再美丽。随着日日的"酣梦"而长满赘肉的自己，已经变得丑陋无比。这就是自己。难道说……

　　难道说，这就是上天的"惩罚"？这就是自己理应承担的"惩罚"吗？在自己过去曾经"万全"之时，她也从未主动找过他。而在自己已经不再"万全"的当下，她却主动现身，如同在嘲弄已经失去美丽的惟道一般。难道说，这就是自己该背负的"恶果"吗？

　　"你……你还恨着我吗？"他无法直视她的容貌，只得再次将视线移至她的脚下，"我已经说过很多次，那只是个误会，你怎么就是不明白呢？我对她什么也没有做，我敢对天发誓。那真的只是个误会。"

　　然而，对方却没有回应。惟道像是要摆脱什么束缚一般，用指尖抓住她的靴子，将自己的额头靠上去摩擦着。

　　"我承认自己不是什么好东西，身为教师还向自己的学生出手，把自己的快乐建立在这样的罪孽之上。不过，不是你想的那样，我没有对鞆吕木出手，真的没有，你相信我。"

如果她能踢上自己这丑陋的面孔一脚，那该多么好……惟道这样想着。然而，她仿佛看透了自己的心思，仍然没有任何反应。

　　也不知道他这样在地上趴了多久，在这片比雪更白、比冰更冷的沉默中，感到精疲力竭的惟道，缓缓抬起虚弱的面孔。她的脸上终于出现了变化。

　　此时，她的左手放在胸前。也不知道是摘下了手套，还是原本就没有戴，她那纤长的如雪般惨白的手指，在黑色的外套上比画着什么。然而，惟道却不明白她这一番动作的意义。

　　"你是说，你没对小惠出手吧。"

　　她——高濑千帆终于开了口。听到这声音，惟道仿佛得到了救赎一般，松了口气。他也终于能再次冷静下来，观察千帆的样子。

　　刚才他觉得，千帆的发型似乎与原来不同。可是不对，再看之下，她的容貌也改变了不少。她已经一改三年前给人的那种仿佛一碰触到她便会触电——不，确切地说是便会出血的冷酷印象，变得有几分柔和了。确切地说，是更像个"人"了。

　　"你的意思是，你没和小惠发生过肉体关系吗？"然而从她口中发出的质问，却绝无柔和之意，"还是说，你没有杀害小惠？"

　　"你在说什么啊，当然是都没有了。"

　　趁着这股气势，惟道终于站起了身子。刚才在她面前跪了这么久的他，把自己最可耻的一面都展现了出来。现在他气愤地掸落了刚才趴在地上时粘到自己脸上的落叶。

　　"当然是都没有了。我既没有对鞆吕木做什么不好的行为，也没有杀害她。你也应该很清楚吧？"

　　惟道大为震惊地说道。

　　千帆轻轻地笑了起来。一直都是站在远处面无表情，或是眼神

7

犀利如同要击坠入侵自己"领地"的敌人一般的她，居然还残留着微笑的能力。

千帆的身上到底发生了什么事？此时，惟道产生了一种强烈的嫉妒感。这微笑并非是向着自己的，因为自己的存在并不会使她面露微笑。惟道很清楚这一点。有什么人，在这两年里改变了她，改变了那如同冰山一般的她。

是个男人吗——是啊，惟道苦笑起来，通常来说应该会是这样吧，可千帆并不会对男人产生兴趣。

"……你啊，"惟道终于发现，她的左手上没有带任何饰物，"你把那枚戒指——"

"没错，"千帆仿佛正等着这句话一般，将雪白的左手藏到了大衣里，"对于小惠的事，我已经释怀了。"

"可是……"

太好了——虽然明白自己不该这么想，可惟道还是心不由己。

"所以，我回来了，"千帆又再次露出惟道熟悉的那种，拒人于千里之外的表情，"为了告发杀害小惠的凶手。"

"你说什么？"

"事到如今，我就无须再说明小惠对我有多么重要了吧，老师。我并没有想要报仇雪恨的意思，只是不想看到凶手逍遥法外，就是这样。"

"可是……你说要告发凶手，可你连谁是凶手都不知道吧——"

"我已经知道谁是凶手了。"

"什……什么？"

"而且，我应该能够证明这一点。"

"怎么证明？"

"通过指纹这样的证据。"

"指纹吗？"惟道不由自主地说道，他的声音让早晨的冷空气也为之震颤，"如果真的留下了这样的证据，警察怎么可能没有发现——"

"是吗，那也未必。"

"那……那么，凶手到底是谁呢？"

"我不会说的。"

"什么？"

"我已经说过很多次了，老师。对我来说，小惠是独一无二的存在。在她被害的这起事件中，我是无法冷静思考的，对吗？"

"我……我想没错。"

"所以，哪怕我已经在脑中理清了整个事件，却无法通过自己的嘴来讲述。所以，我把能够解开事件真相的人带了过来，就是为了让老师听听这个推理。"

点着头的惟道，此时终于发现，在千帆的背后站着一个陌生人，一个同样注视着惟道的人……

并非女性。

可是，为什么……

"老公，出什么事了？"在陷入困惑的惟道耳边，响起了妻子半睡半醒的问话声。

结束了……

惟道拼命忍住这股像是在窥视地狱之底一般的眩晕感。此时他终于明白了。

结束了。

一切都结束了。

刚才的那股"预感"此时流遍他的全身。他余下的人生，都要以偿还"恶果"而终结了吧……

ACT 1

高濑千帆步履蹒跚地走在夜路上。

明明刚才已经吐了一次，此时胃里的酸涩感又再次顶了上来。这并不是她第一次喝酒，而且她的酒量还算不错，所以一直觉得自己没事。不过事实证明，一口气喝那么多酒，果然还是不行。

当她找到路边的储物柜，取出衣服，在车站的厕所里换上时，感觉到了一股凉气。而后，之前一直没发觉的呕吐感，此时也急速涌了上来。

直到此时，她还因为酒精的缘故，感觉脸上仿佛被火烧一般热辣，可身体里却是冰凉。因为这股落差，一股眩晕感涌了上来。明明刚才还靠在路边的邮筒歇了一会儿，现在却完全安定不下来。

此时，她再也忍不住，蹲在路边开始干呕，却什么也吐不出来。她用手帕擦了下嘴，然后无意识地在上衣的口袋里寻找什么。她的手碰到了某个冰冷的东西，取出来看了看，才发现是一把钥匙。千帆一边低声抱怨了一句，一边将它投到路边的水沟里，而后又将刚才擦过根本不脏的嘴的手帕扔到了马路上。

随后她摇摇晃晃，继续起身走了起来。

"喂！"一声低沉的男声传了过来。尽管这里没有路灯，可她还是看到，对方穿着一件大衣，身上还散发着一股让人作呕的日本酒的臭味儿。

"喂！"男人再次喊道，同时还抱住了千帆。她毫不留情地用膝盖顶上了男人的腹部——她是打算这么做的，可身体却晃晃悠悠，根本使不上力气。

即使如此，醉汉还是发出一声惨叫，整个人摔倒在路上。千帆用靴子踢了男人小腹一脚，便马上离开了。身后还传来对方的呻吟声，她却连头都没回一下。

以往，她可以轻松爬上通往女生宿舍的上坡，现在她却感觉举步维艰。

开始耳鸣了。不，千帆一开始以为这是耳鸣，而后发现这阵声响并没有停止的迹象。随着她爬上坡道，这声音还越发清晰起来。一般来说，越是远离市中心走到住宅区，应该越是幽静才是。

随后，一片红色的阴影，渐渐浮现在这黑暗的夜色中。千帆这才注意到，原来那是警车和救护车的红灯，这时她像被人打了一巴掌一样，回过神来。

在常夜灯的照耀下浮现出来的，是清莲学园的女生宿舍。宿舍前黑影攒动，全都是看热闹的人群。千帆拨开人群，喘息着走了过去。

小惠……

此时，她的脑中浮现出室友的样子。同时，她也下意识地抚摸起了套在左手无名指上的戒指。

难道……是小惠吗？

千帆有种直觉，会不会是鞆吕木惠，趁自己不在之时自杀了？

（我要杀了那个男人。）

小惠的声音，混合在看热闹的人群的嘈杂声中，扫过千帆的头盖骨。

（我要杀了那个男人。）

（杀了他，然后自杀。）

（然后自杀……）

小惠……

（你不相信吗？）

（无论如何也不肯相信吗？）

在宿舍的门口，扯着一条禁止入内的封锁带。

"你，要去哪儿？"

（我和那个男人，真的什么都没做过。）

穿着黑色背心的警察拦住了千帆。

（为什么你就是不肯相信我呢？为什么？）

（为什么？）

"现在不能进去。"

（为什么？）

（千帆……）

小惠……

（那样的话，不如……）

（不如……）

"小惠！"

"高濑，"在警察身后，传来了一身尖锐的女声，"都这么晚了，你这是要去哪里？"

说话的是宿舍管理员鲸野文子。她快步走到正和警察纠缠的千帆身边。

"小惠她……小惠她……"

"鞆吕木她——等、等等，你这是……"声音低沉的鲸野，再次提高了声音，"这是酒臭吧。这么晚了，你到底在干什么？哪怕你已经不是在校生了，也不能在学妹面前这个样子。这次我们也是下了决心，哪怕你是高濑家的人，也不能再任由你这么任性下去了——"

"到底出什么事了？"一个焦躁的男声打断了鲸野的话，"宿舍长，请你不要在这种时候多生是非。"

"我、我可没有……都是她啦。"

刚才说话的，是个头发斑白、看上去五十上下的小个子男人，他的视线从鲸野转向千帆。那流露出黄色底光的眼睛，上下打量着她。

"这个女生是？"

"是被害人的室友。"

被害人……这三个字如同什么信号一般，让千帆猛地挣开了警察的手。

"啊，喂、喂！"

"喂！"刚才的小个子男人被千帆撞到，整个人摔到地上。"高濑，你等等。"

刚才那蹒跚的步履仿佛不曾存在一般，千帆全力跑了起来。她甩开想要拦住她的警察，跑上楼梯。

二楼的二〇一号室，这是千帆和小惠的房间，上面写着"鞆吕木"和"高濑"的名字。她飞奔了进去。

里面正在采集指纹的鉴证科员，一开始被千帆吓到，让出了一条道，随后便马上抱住了她。

"喂，你干什么？"

"小惠！"

"你在做什么？"

"小惠！"

"是谁放她进来的？"

"拦住她！"

从四处赶来的警察们围住千帆，悲鸣声和怒吼声混成一片。

"请你冷静一下，"一位和千帆身高差不多的便衣警察，毫不留情地按住了她的头说道，"冷静一下。"

"小惠……小惠……"

随后，千帆被警察们押到走廊里，双膝跪地，虽然拼命挣扎却已精疲力竭，只能微弱地反复低声呢喃着小惠的名字。

"喂，好痛！"刚才的小个子男人，一边掸着自己西装上的灰尘，一边走了过来，"这女生劲儿还挺大啊。"

"菓哥，"一个高个子的警察一边按住千帆的头，一边拾起被她打飞的银边眼镜，"要、要怎么处理她？"

"哎呀，弄得我全身都是泥呢。等一下，你先去帮我把这条手帕弄湿。"

"弄湿？可是现在……"

"怎么了？"

"现在停水了。"

"什么，停水？"

"你不知道吗？就在刚才，十一点的时候，这一带因为水管破裂而停水。听说要等明天才能修好。"

"啧，这可真是不凑巧啊。"

"不然我去买瓶矿泉水吧？"

"如果她真那么想看现场的话，"那个叫菓的小个子警察，无视银边眼镜警察的话，说道，"就让她看看吧。"

"咦?"

"你看——"无视戴着一副如同银行柜员式银边眼镜的警察的阻止,小个子男人粗鲁地抓住千帆的手腕,把她拉起来,向二〇一号室望去,"随便你看个够吧。"

千帆这才仔细观察了起来。

此时,房间内已经不见了鞘吕木惠的人影。在地毯上,还残留着大量的血迹。门边的血迹还不算太多,但在房间中央,血迹则像海水一般弥漫开来,血液所特有的腥臭味夹带着热气,向千帆的脸上袭来。而那片血迹,一直向阳台的窗户边延伸而去。

此时,玻璃窗的窗帘是拉开的,而玻璃窗子则被打碎。可以看到,在阳台上的一片碎玻璃中,还有只铜制的花瓶滚落在地上。

"看够了吗?"

听到小个子警察这样问道,千帆平稳了一下自己的呼吸,回头看了看他。随后手臂向上挣扎,推开了他那抓住自己的手腕。

"小惠在哪里?"

"真是的,你这女人还真是不可爱,"对方一边吃痛地摸着手腕,一边回瞪了千帆一眼,故意把目光向上提了提,"看到这样一副惨状,却还能面不改色地说话。"

看来这个男人是想让自己看到惨案发生的现场,通过"震惊疗法"让自己平静下来。

"小惠在哪里?"

"不要露出那种可怕的表情啦。被害者的尸体已经被运走了。如果你想看,就之后再看吧。"

"你说被害者,是什么意思?"

"就是字面上的意思。那个女生是被人杀害的。对了,说起来,"

小个子男人抬头看了看千帆，"你自称是她的室友，那么应该也住在这个房间吧。刚才你好像是从外面回来的，之前你去哪里了？"

"你闻闻这味道就知道了，"对于毫无顾忌靠过来的小个子警察，千帆几乎要把唾沫喷到他头上，对他吹着气说，"我出去喝酒了。"

"可恶。这味道不错啊，"一瞬间，对方露出了有点羡慕的表情，"你还在上高中吧。"

"不好意思——"看来，这个小个子男人是决定刨根问底了，千帆也稍微缓和了一下口气，"我已经毕业了，所以说是社会人也不为过。"

"啊？也就是说，你已经不是清莲的学生了？这里的毕业典礼是在——"

"是这个月的三号。"

"今天是几号？"这是千帆出现之后，小个子警察第一次向银边眼镜的警察问话，"今天是二月——"

"十八日吧？"

"既然你两周前就毕业了，又为什么还住在学校里？"

"根据宿舍规定，"千帆一边不耐烦地想着为什么自己要在这里回答这些愚蠢的问题，一边说道，"我可以住到月底再搬走。"

"既然如此，那我们就坐下来慢慢聊吧。哼，学校居然让毕业生使用公费这样喝酒玩乐，怎么对得起纳税人啊。"

"那个，清莲学园啊，"戴银框眼镜的警察小声插嘴道，"不是私立高中吗？"

"社会出了资助金也是一样的。不过这种事怎样都好。你叫什么名字？"

千帆沉默了。对她说来，被问到姓名时的屈辱感，几乎等同于被人拷问。因为对她来说，高濑这个姓氏，在这个城镇里相当于父亲的存在，而并非她自己的人格。对她来说，被第一次见面的男人直接这样问起自己的名字，实在是百般的不情愿。

可对方毕竟是警察，自己无法保持沉默。她努力压抑住那种从毛孔中渗出的厌恶感，拼命地出声说："……高濑。"

"高濑，什么？"

"千帆。"

"高濑千帆？你一开始直接说不就好了吗，非要我一句一句地问你，最近的女生真是的，这态度快赶上总理大臣了。不过算了，先不说这些。我们回到刚才的问题，你今晚去哪儿喝酒了？"

"去哪儿？"

"你不是出去喝酒了吗？是去什么小酒馆，还是女生更爱去的那种高级地方——"

"不是那么回事。"

"那是哪里？"

"没什么特别的，就是这一带。"

"这一带？"对方双眼放出的光，如同混杂了毒药一般，透出一股阴湿感，"这位小姐，你是什么意思？"

"我都说啦，"千帆吸了口气，露出比对方更阴湿的眼神，"因为我没成年，进不了酒馆，所以就在这附近转了转，在自动贩售机里买了罐装的啤酒。"

"这种喝法还真像是老头子啊。不过你放心，你这副模样，看起来绝对不像是女高中生，搞不好还会有人把你当成银座的公关小姐呢。总之，你说你在这附近一边喝酒一边徘徊，直到现在才回来？"

"没错。"

"有人能证明吗？"

"这可没有。"

"也就是说，你一直是一个人？"

"真不凑巧，我没有和一群人喝酒的习惯。"

"你刚才在门口发现骚动的时候，马上大声叫出了被害人的名字。也就是说，你好像知道些什么吧。你明明刚回宿舍，那你是怎么知道被害人不是别人，偏偏是你的室友呢？"

"这只是我的直觉。"

"喂，既然你醉得厉害，我也就不绕弯子了。老实说吧，我们现在正在怀疑你。"

"什么意思？"

"我们怀疑杀害鞆吕木惠的人就是你，就是这个意思。"

这一瞬间，高濑像是突然想起了什么一般。此前她几乎忘记，自己想要从警察的口中尽可能多打听出点东西。她神情激动地望着对方。可这次，对方却没有移开视线，而是和她对视起来。

两人这样持续对视了好一会儿。

"哼，怎么不说话了？"警察叹了口气，移开视线，"算了，我们可以慢慢聊嘛。"他对着银边眼镜警察扬了扬下巴，"你去和刚才那个叫鲸野的老太太打个招呼，我们在这里借个房间，把其他相关人员都带过来问话。"

随后，千帆被穿着制服的警察带进了一间名为"读书室"的大房间，里面已经集合了不少住在这栋宿舍的女生。她看了看墙上的挂钟，此时已经接近凌晨十二点。大部分学生不管是否已经准备就寝，都穿着睡衣或者运动服。

当然，这其中也有穿着毛衣的人，那是住在她隔壁二〇二室的

19

柚月步美。对方虽然是二年级生，不过性格相当开放，听说她经常晚上从宿舍偷溜出去玩。如果这种时候发现她"不在"，恐怕又会惹出什么麻烦，还好这种状况并未发生。

旁边穿着红色棉睡衣的是柚月步美的室友能马小百合。她和鞆吕木惠是同班的一年级生。作为新生，她应该正在准备入学后第一次的期末考吧。

她俩用如同参观动物园里珍禽一般的眼神，上下打量着千帆，却没有向她搭话。

不光是柚月步美和能马小百合，其他的学生也在一边偷偷望着千帆，一边私下讨论着什么，却没有人直接和她说话。

有不少一年级的学生在低声啜泣。就千帆所见，就连平时和鞆吕木惠不甚亲近的女生，也把眼睛哭肿了。也许只是因为身边发生了这样的惨案，给她造成了太大的打击吧。

"同学们——"

这时，宿舍管理员鲸野文子出现了。不知道是因为自己所管理的宿舍发生惨案的悲伤，还是平稳人生被打乱所产生的愤怒，她双眼通红地望着学生们说道："接下来，警察有些话要问大家。被点到名字的同学，一个个按顺序到'值班室'去。请大家诚实地回答警察的问题，知道了吗？"

所谓的"值班室"，如字面上的意思一样，是宿舍管理员不在时，其他代班的教职员工住的休息室，也兼作客房使用，现在主要供从外地来宿舍看望学生的家属使用。

"那么，第一个是鸟羽田同学。"

鲸野首先点了离自己最近的鸟羽田冴子去"值班室"，她住在五楼的五〇四号室，和鞆吕木惠、能马小百合是同班同学。

鸟羽田冴子和千帆身高相仿，留着和千帆一样的及腰长发。小惠以前曾经说过，她是因为偷偷憧憬千帆，才会故意打扮成这副样子。不过今晚，她似乎害怕和千帆对视，拼命地背对着她。

　　就在警察问话期间，鲸野文子的视线一个接一个地扫过在场的学生，就好像是在监视着大家，以防有人逃跑一般，这使在场的学生感到了一股紧张的气氛，甚至没有人交头接耳。又或者说，鲸野是在怀疑杀害鞆吕木惠的凶手，也许就在现场的学生之中。

　　不过鲸野始终没有将她的视线投向千帆，仿佛是在有意识地回避着她一般，反而显得有些滑稽。

　　警察的问询一直持续到早上五点。在能马小百合、柚月步美之后，最后被叫过去的是千帆。鲸野那因睡眠不足而浮肿的眼睛，有意避开了和她的眼神交流，无言地用手示意她去"值班室"。

　　"嗯——"

　　只见刚才那位花白头发的警察，正坐在榻榻米房间的矮桌前，用手支着脑袋。他一看到千帆，便立刻拉下了脸，之前打照面时那泛着黄色光芒的眼睛，也因为疲劳，显露出如同蜘蛛巢穴一般的红色毛细血管。

　　"我说……"另一边，戴着银边眼镜，如同银行职员一般整洁的警察，则翻出宿舍学生名册说道，"这是最后一个，高濑千帆。"

　　"终于轮到关键人物了，"花白头发的男人用双手搓拭着脸上的油脂，咧嘴一笑，"一般来说，住在双人宿舍的人被杀，另一个人就是凶手不是吗？"

　　"如果简单地套进'方程式'就能破案，那么警察的工作……"千帆一边将及腰的长发在脑后束起来，一边特意打了个哈欠，"还真是轻松啊。那样的话，连猴子也能胜任吧。"

"你为什么非要说这种挑衅的话呢？"也许是因为疲劳，也许是演技，花白头发的警察像个无力的老人一般，虚弱地叹了口气。"你还真是不理解我们啊。"

明明先挑衅的人是你们吧，千帆想着。不过很快她便发现，如果反驳的话，无疑又会落入对方的圈套。

不知道是因为疲劳而懒于继续周旋，还是这种突变的态度本就是他的一贯作风，花白头发的警察突然敲起了桌子，大声叫道：

"高濑千帆，你以为你能装傻到什么时候？！我们知道是你杀了鞆吕木惠。你就老实承认吧。"

"证据呢？"此时，千帆体内的酒精已经代谢掉了大半，她的声音也恢复了平稳，"你们有我杀害小惠的证据吗？请让我看看吧。"

"我们可不会向重大嫌疑人出示这种证据的，不过我们已经掌握了重要线索。你最近经常和鞆吕木惠吵架吧？"

"谁说的？"

"所有人都这么说。就我们的理解，你应该是鞆吕木惠的'恋人'吧？"

"没错。"

听到千帆这么理所当然的承认，花白头发的男人咳嗽了一声。不光是眼睛，此时他的脸都像柿子一般涨成了红色。"听说从新年伊始，你们俩就一直在吵架。你认为鞆吕木惠背叛了你，和别的男人发生了关系而责怪她。不过她却哭着否定了，所以最近你们俩的关系算是岌岌可危吧。"

"没错。"

"你因为妒火中烧，而乱刀捅死了鞆吕木惠。"

"乱刀捅死……小惠死得这么惨——"

"凶器你是怎么处理的？"

"凶器？"

"就是刀子，不管是菜刀还是水果刀，总之就是你用来刺杀被害人的东西，现在在哪里？还是说你已经把它扔了，就在你出去买啤酒的时候？"

"我没有杀人，所以不可能丢弃凶器。为什么你就认定我是凶手呢？我和小惠可是彼此相爱的。"

"所以说啊，"男人再次咳嗽了两声，"现在不是常有，昨天还恩恩爱爱，到了今天就不共戴天的故事嘛。不过我倒是不知道，在女同性恋之间居然也会发生这么痴情的故事。"

"当然有可能发生。"

"哦？你的意思是，承认自己杀害了鞆吕木惠？"

"我说过了，我没杀她。"

"还真是固执的女人，"对方一边敲着桌子，一边咳嗽着，"既然话都说到了这个份儿上，也别扯什么爱不爱的了。你就老老实实说清楚，案发时你去哪里了吧。"

"案发时是几点？"

"是今晚——确切地说是昨晚——十一点十分。"

"还真是精确啊，这是法医鉴定的结果吗？"

"不，这是根据目击者的证言——喂，现在是我问你，不是你问我！"

"有目击者？是谁？"

"我都说了，是我问你，不是你问我！首先，我刚才说了你现在是重要嫌疑人，警察不可能将目击者的身份告诉你。"

"十一点十分时，我不在这里。"

"那你在哪里？"

"我不知道，当时我醉得厉害，所以应该正在路上晃悠着吧。"

"哎呀，这位小姐，你不知道自己的话有多傻吗？什么叫在路上晃悠着。你这不是在说——请怀疑我吗？"

"可这也没办法啊，我说的都是实话。"

"这么说起来，"对方仿佛犯了偏头疼一般，按了按太阳穴，"你为什么要大半夜的去买啤酒，还在路上喝个烂醉呢？还是说你经常这么干？"

"不，这是我第一次这样。"

"哦？那为什么今晚会这样呢？"

"因为我和小惠……吵架了。"

"哼，"本以为对方会趁势攻击，可对方却漫不经心地说，"吵架了啊？"

"所以我当时不在宿舍。我想冷静一下，所以才出去的。因为天气太冷，我就在自动贩售机买了酒，坐在公园的椅子上喝了起来。"

"公园的椅子上啊。那时，你碰到过什么熟人吗？"

"不，完全没有。"

"你是因为什么原因和鞘吕木惠吵架的？"

"关于这个，我不想说。"

"是关于她的'出轨'对象吧，是某个男人对吗？"

"关于这点，我保持沉默。"

"别跟我要这种小聪明。说说吧，你为什么怀疑鞘吕木惠和其他男人有染呢？你有什么根据，还是单纯的直觉？喂，难道你还想保持沉默？如果你想证明自己的清白，就必须老实交代——说起来，"说到这里，花白头发的警察突然改变了话题，"你是瞒着其他学生，

24

还有宿舍管理员，偷偷跑出去的吧？"

"算是吧。"

"不过这附近可没有什么年轻女生玩的去处，得到市区才行吧。先不说要特意大老远跑出去，如果被发现了，会怎么样？"

"也没什么，一般会给严重警告吧。一般来说，只有一年级的学生是必须住宿舍的，二年级以上的惯犯，有可能会被从宿舍赶出去。不过，其实被发现的概率不是很大。"

"那看来大家都轻车熟路啊。"

"那是因为，虽然偶尔也会有人偷溜出去，不过还是有很多女生因为怕麻烦而放弃了。"

"怕麻烦？"

"刚才你也说了，这附近没有什么可以玩的地方。要想到市区，得走将近一个小时。虽然有去市里的公交车，不过回来时又肯定赶不上末班车。学生也没有多余的钱打车。"

"不能骑自行车去吗？"

"这里的自行车停车场就在宿舍管理员的房间正对面。要想在晚上取出自行车，被发现的概率太高了。所以要想出去玩，就得步行。大部分人都觉得，还不如到了休息日，光明正大去城里玩。所以，特意在晚上偷溜出去的人不多。正因如此，宿舍管理员平时也不怎么监视出入口。"

"也就是说，只要不用自行车，要想避开宿舍管理员偷溜出去，是相当容易的？"

"嗯。不过十点熄灯的时候会点名，当然，管理员不会进来确认每个人在不在，所以只要拜托同宿舍的室友代为答到就可以了。"

"那回来的时候怎么办？要怎么打开宿舍门口的大门？"

"每个房间的钥匙都能打开大门，这一点是没问题的。"

"那你自己呢？经常晚上偷溜出去吗？"

"我是堂堂正正出去的。"

"因为你已经不是在校生了，所以没关系？"

"快毕业之前也是一样的。"

"哦？也就是说，哪怕被管理员看到，你也可以光明正大地出去？可我看到你回来的时候，并没有骑自行车。还是因为你今天晚上要做些什么事，所以不能骑车？"

千帆这才发现自己的失言，她思考了一会儿，要怎么回答这个问题。而对方好像看透了她的心思一般说道："算了，先不提这个。那辆吕木惠呢？她也经常晚上出去吗？"

这时，千帆突然意识到，这个警察似乎并未认定她就是凶手。当然，警察对她有所怀疑。但也可能是想用这种近乎侵犯人权的粗暴攻击方式来激怒她，让她全盘托出小惠的事。

"据我所知，小惠不会这样。"

"那么，今晚也是如此？"

千帆陷入了沉默。

如果被他的言行所蒙蔽，一味认为他是个愚蠢的警察，没准自己会栽在他手里。想到这里，她决定谨慎一些，不然，自己可没法打听出想要知道的情报。

当千帆意识到自己在想什么时，不觉吃了一惊。刚才还只是单纯地陷入混乱，现在，她已经开始为了弄清事实真相，而想要打听更多情报。也就是说，她感到了一种必须找到杀害小惠凶手的使命感。

这才是她第一次确切地意识到小惠已经死去。她确实是被什么人所杀害了。

她已经不在这个世界上了。

"怎么样？鞆吕木惠今晚——不，确切地说是昨晚——有没有偷偷溜出宿舍？"

要怎么回答才好呢……

之前一直尚算冷静的千帆，第一次感到了迷茫。到底她要对眼前的这个警察坦白到什么程度好呢？如果只是推搪不答，她还有自信摆出一张臭脸，可如果要让对方说出自己需要的信息，就必须得下个饵才行了。

要怎么做呢？

"我不知道啊。因为我自己跑出去喝醉了啊。"

"我问的是你跑出去喝酒之前的事。那之前鞆吕木惠一直在自己的房间吗？"

"……应该是吧。"

"应该？什么叫应该？刚才你不是说，和她吵架之后跑出房间吗？那么鞆吕木惠就应该在房间里吧。不是吗？我可不觉得你能和空气吵架。这是理所当然的吧。"

糟了……千帆为自己的愚蠢而感到懊恼。要怎么自圆其说呢？就在她冥思苦想的时候，对方继续毫不留情地说：

"说起来，你是几点出的宿舍？"

"十点半左右。"

总之，还是先老实回答问题吧。

"那时，鞆吕木惠还在房间里吧。"

"是的，那时还在。"

这番话里，明显带着点儿不对劲。不过对方并未深究。

"那时，她是什么状态？"

千帆感到了一丝迷茫，不过她还是老实答道：

"她说……她要去死。"

（我要杀了那个男人，然后自杀。）

（我也要去死。）

"哦？去死？那就是打算自杀的意思吧。是因为你们吵架吗？"

"有可能。所以我回来时，看到宿舍外面停着的警车和救护车，才会觉得是小惠出事了。"

她明明白白说出了当时的心情。

"嗯。"花白头发的警察摸着下巴，抬头望着天花板，陷入了沉思。"说起来，你刚才——"

"那个——"

原来刚才趁着千帆没注意，那位戴银边眼镜的警察出去了一会儿。这时，他靠近花白头发的警察，小声在他耳边说了什么，同时还向千帆投来若有意味的目光。

"嗯？高濑议员？"

"没、没错……他的秘书来了。"

千帆的身体一僵。她讨厌被陌生人问到自己的姓氏，更讨厌别人在自己面前，用这种畏惧的语气说起父亲。刚才她回到宿舍时，宿舍管理员就曾提到过"哪怕是你姓高濑"这样隐含深意的话语。其实明明是鲸野自己先对高濑这个姓氏起了畏惧之心吧。

"那是谁啊？"

千帆吃了一惊地抬起头来。这可是她第一次遇到没听过高濑之名的人。之后她回想起来，这也是为什么在她心中，眼前的警察并非一个符号，而是作为一个人格存在的原因。

"我可不知道这家伙，我既没给他投过票，也没受他关照过。"

"不，菓哥，"戴银边眼镜的警察急忙在他耳边说道，"实、实际上啊……"

"啊——是本部长啊，"花白头发的警察一脸无奈地松了松领带，挠着脖子，"真是的，明明连现场的'现'字都不会写，还要在这里指手画脚。"

"菓、菓哥，你小声点儿……"

"好吧，我会小心处理的。这种事你怎么不早说啊？"

"因为我也是刚刚才知道啊。"

"那也就是说，我应该对这位大小姐更温柔一些对吧。"

"不、不要这么露骨——"

"哎呀，幸会幸会！"花白头发的警察将银边眼镜警察的脸推到一边，一脸假惺惺地向千帆递上名片，"这位小姐，我还没自我介绍过呢。这是我的名片。"

千帆接过名片，只见上面写着"菓正子"。原来这个人姓菓啊。不过他的名字——

"啊，我的名字不读'Masako'，而是读成'Tadashi'。有些白痴还把我当成女的，经常往我家里打奇怪的骚扰电话。不过请放心，大小姐，虽然我看起来这副样子，不过我就是典型的势利眼。碰到弱者就虚张声势，碰到大人物就卑躬屈膝。"

"菓哥，都说了叫你不要这么露骨——"

"我知道了。不管怎样，今天就先到此为止吧。天已经快亮了。如果有什么新发现的话，以后还会再找你的——"

话说到这里，"值班室"的大门被粗暴地打开了。来人是个头发梳得油光锃亮，活像条形码的四十岁上下的矮胖男人——这是千帆父亲的秘书——望理。

原来是宿舍管理员把事情通知了千帆的母亲，而后他才联络到这里的。之所以这么迟才赶到，也是因为千帆的父亲一直忙于公务。

"小姐，"在这样的冬天里，对方的脑门上还是冒出了像沙拉酱一般油腻的汗水，"真是对不起，我来迟了，现在就接您回去。请您赶快准备一下。"

"准备？"

"先生知道了这件事之后，简直心痛至极。请您早点儿回去见他，让他安心。"

"我不回去。"

"啊……"

"确切地说，应该是不能回去。"

"为、为什么这么说……"

"因为警察不让我回去啊，我是这起事件的头号嫌疑人。"

"什么？！"望理的眼球都要瞪了出来，这时他好像才注意到房间里两个警察的存在，"你们这些家伙，是警察吗？你们负责人是谁？"

"哈，"菓一边打了个哈欠，一边举起手说，"是我。"

"这是怎么回事？为什么我们小姐会是嫌疑人？你们是认真的？你们知道她是谁吗？既然知道还这么干？弄不好的话，小心留下一生的污点啊！这可是一辈子的事！"

"我说啊——我可没有不让她回去。真的，我一个字都没说过。说起来——"

"可是，你刚才不还说了什么头号嫌疑人吗？"

"不是的，"菓向一旁抱着胳膊的千帆苦笑起来，"其实我的意思

30

是，她是这起案件的重要证人。因为她和被害人是室友嘛，所以根据调查的基本规定——"

"啊，好了好了，到此为止吧，"望理像婴儿一样，竖起圆滚滚的手指，打断了菓的话，"刚才的话我就当没听到，就藏在心里好了。那么接下来，小姐，我们也该——"

"望理先生，其实我对这位警察先生施加了暴力。"

"啊……啊？"

"没错，"千帆看着银框眼镜的警察和其他人，征求他们的同意，"你可能也听宿舍管理员说了吧，我刚才把这位警察先生踢倒在地，强行进入了杀人事件的现场。所以今天晚上，我要因为妨碍公务，去拘留所过夜了。"

"拘、拘留所？"望理瞪大了眼睛，擦了擦像是在平底锅上煮过的热油般的汗水说道，"喂，你们也太过分了吧！这是怎么回事？拘留所是怎么回事？我们小姐怎么会向你施加暴力！肯定是你们先动的手！"

"当然当然，"菓假笑着说，"都是我自己不好，是我自己摔倒的。"

"什么啊。你这种好像在暗示什么的说法，真是让人不舒服。不过这样的话，小姐就没有去拘留所的必要了，对吧，这是当然的。那么——"

"不过，我不回去。"

"小、小姐！"

望理的双腿拗成内八字，他扭动着肥胖的身体。"不要这样啊，拜托了，请和我一起回去吧。不然我可是会被先生骂死的。"

"我不回去。"

"在下啊，"他一边说着，一边摘下圆眼镜，一把鼻涕一把泪地用手帕擦着眼镜，"请您听听，在下这一辈子的愿望吧。之前我的胃就不好，再这样下去我就要胃穿孔了。如果小姐不回去，我恐怕就会心梗而死的。"

"我才是生不如死呢。你就和我父亲这么说吧。"

"这怎么可能啊。再说，如果您不回自己家，那要去哪里呢？您的宿舍可是刚发生过杀人事件。难道说，尸体还在那个房间里？"

"是的，里面是一片血海。"

"啊……"不知道是不是引起了贫血症状，望理肥胖的身体猛地歪了一下，"您不可能继续住在那样的房间里吧。再说您都已经毕业了，也不必继续住在宿舍。大小姐，我求求您，别再任性下去了，和我一起回去吧，好吗？"

"我可以住在宿舍的客房里。"

"啊，小姐，别怪我多事啊，"菓抠了抠鼻子，笑着说，"再这么下去就没完没了了。我看你还是回去比较好。"

"难道你要放走头号嫌疑人？"

"那我就承蒙你的好意，在你离开之前，把剩下的问题问完吧——你的波士顿包去哪儿了？"

果然……千帆这时发现，自己的直觉是正确的。眼前的这位警察，并不是简单粗暴的单细胞动物，而是假装低俗，实际上肚子里的小算盘打得清清楚楚的人。

"昨天午上十点半左右，有人目击到你从宿舍里离开。我就不说是谁了，而根据此人的证言，你那时提着一个黑色的波士顿包。可你回来时，却什么都没拿。这么说来，在二〇一号室里，我们也没找到它——这是怎么回事呢？它去哪儿了？"

当然，包是自己换衣服时，放在了车站的储物柜里。必须得找时间把它取出来……

"去哪里了……我也不知道呢。因为喝醉了到处乱跑，估计可能丢在哪里了吧。"

"哦？是这么回事啊。顺带一提，在你离开宿舍的十分钟前，有人看到鞆吕木惠正从大门走向楼梯。也就是说，她刚刚从外面回来，你就跑出去了。是这么回事吧？"

看来还真是不能小瞧此人……千帆再次集中精力望着菓。虽然看起来，他只是个粗鲁下流的乡下大叔，可在调查方面相当专业。

"……是的。"

"好的，辛苦了小姐。接下来你随时都可以回去了。"

"可哪怕是确认了我是十点半离开的宿舍，我也没有不在场证明吧。也说不定，我是十一点时又回来的——"

"没有人说你的不在场证明成立。再说，又不是没有不在场证明的人都是凶手。今天晚上你就不要再自作主张为难别人了，快回家吧。"

"对啊，小姐。这家伙，不，这位先生说得对。"

千帆这才发现，菓是个绝对小看不得的人。这也让她变得有些冷静了。的确，自己还是回家比较明智。虽然不愿和父亲见面，可如果不先让家人安心，自己之后也没法随心所欲地行动。

"我知道了，望理先生。今天晚上我就看在这位警察先生的面子上回家。"

虽然千帆的话里并无讽刺的意味，菓却当成了嘲讽听了下来，脸上露出了苦笑。

望理开车到达高濑家时，天已经开始亮了。千帆看了看表，此时是早上八点。

她刚做好心理准备与父亲见面，却发现只有母亲一个人出来迎接她，这让她吃了一惊。

"——刚才你爸爸一直在等着你，"母亲打着圆场，带女儿进门，"可就在刚才，因为一件特别重要的事出去了。"

这是怎么回事？是父亲知道，千帆一定会耍性子，不会马上回家，还是自己想多了？不过一想到这里，她就为自己白白回来一趟而生气。不过父亲不在家，也的确让她松了一口气。

"没事吧，千帆？"

"对不起，让你们担心了。"

"虽然不知道发生了什么事，不过你没事就好。"

"我想睡一小会儿。"

"你爸爸说，白天会再回来一趟的。"

"我知道了。"

千帆回到二楼自己的房间。

房间里已经铺上了被子。如果是平时的千帆看到这一幕，一定会生气，她总觉得正是母亲过于周道体贴，才让父亲得寸进尺。不过此时，她已经没有这份力气去胡思乱想。连衣服也没换，她就直接倒在了床上。

在头沾到枕头时，她闭上了眼。宿舍里那幅血海般的情景又在她脑中浮现出来。

（我要杀了那个男人。）

小惠的声音在她脑中浮现。现在，声音的主人已经不在人世了，她无论如何也无法相信这个事实。虽然精神上不愿意相信，可那份真实感却带着热度侵占了身体，增加了一份重量。

小惠……

（为什么不肯相信我？）

（我和那个男人什么也没有。）

她睁开眼，将左手移到鼻尖前，磨蹭着。她的无名指上戴着的戒指，是个普通的廉价银色戒指。这是小惠送给她的东西。而小惠的左手无名指上，也戴着千帆送的戒指。这是她们交换的戒指。

这听起来像是小孩子的游戏，也可以说，是对于男女关系的诡异模仿。可对千帆而言，这却象征着她和小惠之前的牵绊，在她心里的确是这么认为的。

（我和他真的没什么。）

（够了。）

（我们已经结束了。）

（这种关系，从开始就不应该发生。）

小惠……

千帆第一次遇到鞆吕木惠，是去年暑假之前的事。当时对方还是一年级新生，千帆读三年级。当时她们并不住同一间宿舍。

两人的关系变得亲密起来，是从小惠给千帆写信时开始的。至于信里的详细内容，千帆已经想不起来了。总之概括起来，就是些"我喜欢你"一类的无聊内容。

其实，千帆平时会收到不少情书，男女都有。大部分情书，她都不曾读过而直接丢弃。当然，哪怕对方写着会在某时某地等她，她也没有去赴过一次约。

可为什么，对于鞆吕木惠，千帆会想要再见她呢？这连千帆自己也说不清楚。是命中注定，还是一时兴起？现在想来，多半是后者吧。可就结果而言，却变成了前者。千帆是这样想的，也想要这样相信。

小惠是个任性的女孩，什么都以自己为优先，性格也开放。她从不考虑别人的心情，甚至有些虐待狂倾向，可又天真无邪。本来千帆是最不喜欢和这样的人打交道的。

然而，正因为此，她对千帆才有着特别的吸引力。千帆回头自己分析起来，认为自己应该是在享受被小惠玩弄的过程吧。是小惠教给了她放弃自己、屈服于他人的快乐。原本拒绝与人交流，把自己封闭在壳中的千帆的心，就这样突然被打开了，而小惠则在此刻乘虚而入。

对千帆而言，如果说她和小惠之间是一种禁忌关系的话，并不是因为两人是同性，而是因为她的身心都完全隶属于他人，这是她最痛恨的行为。再加上这份恋爱关系，才变成了禁忌的快乐。

不管是搬进同一个宿舍，还是交换戒指，都是由小惠提出的。

"我啊，要独占千帆，"小惠悄悄笑着，抚弄着千帆的头发，"千帆是属于我的。这美丽的身体，全部都是属于我的宝物。我不会让任何人染指、靠近的。所以，我要和你住在同一间宿舍。我要一直在你身边，爱着你。不在房间里时，你也片刻不能忘记我。就让这只戒指来代替我吧，你可以把它当成我，爱着它。永远，永远。"

以往的千帆，是不会尝试接受任何人的提议的。然而，她却对小惠的命令全盘接受。虽然学校并没有规定一年内不能更换室友，但这却是宿舍不成文的规矩，所以两人要搬进一间宿舍的事，理所当然地遭到了宿舍管理员鲸野的反对。可即使这样，千帆还是依照小惠的命令，从第二学期开始就强行搬进了二〇一号室。

而后，两人又买了戒指。千帆原本以为，自己一生都与这种过家家般的饰品无缘。可一想到，这将成为联系自己和小惠的纽带，她就心跳不止。就好像——就好像是挂着项圈的忠犬一般。

两个人的关系，很快就在学校里传了起来。不管是在学校，还是在宿舍里，小惠都丝毫不隐瞒千帆是自己"所有物"的事。能将之前一直无人可以触到的高贵的宝石——千帆独占，简直让小惠如痴如狂。同时，她也绝不允许别人靠近自己的"宝石"。她以千帆的代理人自居，将所有想见千帆的人拒之门外，由自己亲自"面谈"。同时对于垂涎这颗"宝石"的人，她也毫不留情地进行驱逐，这让她彻底沉浸在了这独占千帆的立场之中。

这样的自我陶醉，本是千帆最最痛恨的。可以说，小惠并不爱千帆，只是天真地把她当作漂亮的玩具一般玩弄。对于自己喜欢的"玩偶"来回抚弄把玩，取悦自己——这种行为，正让人联想到将孩子客体化，否定孩子人格的父母之情。而这也本应是千帆最为痛恨的行为。

然而，千帆默许了小惠这样的行为，如果这样能让小惠幸福的话。不仅是默许，对于小惠将自己收入"笼牢"，在师生们好奇而不愿靠近的目光下，承受这样的屈辱，甚至让千帆产生了一种被虐的快感。通过小惠的自我，千帆的这种情绪生长了起来。小惠将千帆当作自己的"玩偶"，而千帆也自暴自弃地将自己当成玩物一般。这让她逐渐感受到了某种逆向的快乐。

然而，这样的蜜月期并未持续太久。就如同菓指出的一样，新年伊始，两人的关系就出现了裂痕。从去年年末开始，某个谣言就如同火烧般，在学校和宿舍间蔓延开来。

（听说鞗吕木惠啊……）

（听说她好像和男人搞上了。）

（和那个惟道老师。）

（就是那个喜欢拈花惹草的惟道。）

（不过，为什么呢？）

（对啊，这是为什么？说起来，她不是和高濑关系不错嘛。）

（嗯，她和高濑是有一腿。）

（什么时候换成男人了啊？）

（唉，果然如此……）

（果然？）

（鞀吕木惠还是更喜欢男人吧？）

（可她嘴上不是说讨厌男人吗？）

（所以其实心里还是喜欢男人吧……）

小惠悠然地否定了这些传闻。因为她坚信，只要自己否定，千帆必会深信不疑。

然而这次千帆没有相信。本来一向对流言蜚语敬而远之的她，像是被什么附了身一样，被这些传言搞得心烦意乱。明明没有任何根据，她却仍然不肯接受小惠的解释。

又或者说，如果传闻中小惠的男人不是惟道，事情也不会发展到这一步。然而，偏偏就是那个男人……一想到这里，千帆的心便彻底凉了。

去年九月中的时候，惟道曾经给她莫名冠上了"偷窃"的冤罪。虽然没有任何证据，不过千帆确信，那是惟道为了与自己发生某种"联系"而故意设下的圈套。因为当时，千帆正在市区购物，正是因为被惟道尾随，而被迫进入了本来并无意进入的书店。

此前，她一次都未踏进过那家佳苗书店，不过这家书店相当大，对惟道来说正合心意。正当她在店里踱步时，却被一个带着"大岛"名牌的女店员叫住，把她带进了书店里面的房间。对方要求检查她手里的东西，不明缘由的她并未提出异议，结果却在她的手提包里发现了她见都没见过的新书。随后，她便被女店员问起书是哪里来的，她是哪所学校的学生这些问题。正当千帆不知如何是好时，惟道登场了，这时她才意识到，这件事正是惟道设下的圈套。最后惟道亮出了学校老师的身份，将事情压了下来。可不愿意在这里让惟道卖她人情的千帆，为了否认自己的偷窃行为，一直保持着沉默。而她这样的行为，也激化了女店员的态度，最后还表示要报警，因为对千帆态度的不满，甚至哭着陷入了歇斯底里的状态。

在场的男店员见现场的事态发展一发不可收拾了，叫来了店长调解。最后虽然事情了结，可对千帆来说，惟道就是从那时起，从一个普通的老师，变成了必须提防的"敌人"。如果自己身边的人站到了"敌人"一侧，无疑就是对她不可原谅的背叛。

见到千帆不再对自己百依百顺，小惠也动摇了。在这段时间里，千帆千方百计地在精神上折磨小惠，仿佛是要一洗之前被"剥夺主体"之恨一般。到了新年的时候，之前两人的"主从"关系，可以说是被完全颠倒了过来。

对于这样的千帆，小惠还试图用之前通用的方法，以自己的意志来操纵她。然而，在意识到那套方法已经不再奏效之时，她也陷入了疯狂的状态。

"你不能用这种态度对我，千帆，你不能这么对我！你得老实听我的！"

然而，对于已经恢复之前拒人于千里之外态度的千帆来说，她是绝无可能再听小惠的话了。不管小惠怎么闹也好，她只是冷冷地俯视着她，毫不留情地伤害着她。

弄不好，这也是千帆对于父亲反抗的一种补偿行为。她的父亲是个喜欢给女儿强加价值观，宣告自己绝对权力的君王型人物，认为自己才是独一无二的正义，这让全家苦不堪言，也让千帆痛苦不已。千帆这份对于父亲的恨，此时终于全部投到了小惠的身上。

"为什么你不肯相信我呢？"小惠趴在床上哭着大叫，"我和那个男人，真的没什么啊。他只是我的班主任。"

对，这也是千帆心结的一个重要因素。惟道晋是一年级的导师，而鞘吕木惠是那个班的学生。冷静下来想想，这个事实其实不意味着什么。千帆明知道这一点，却还是因为"补偿性复仇"欲而失去了理性，认为这是惠与惟道发生私情的佐证。

"我心里只有千帆，我喜欢的只有千帆一个人。千帆喜欢的，也只有我一个人。对吧？你是喜欢我的，对吧，千帆？你还是喜欢我的，对吧？你说啊，你快变回以前那个诚实可爱的，只属于我的千帆吧。相信我吧，求求你，相信我吧，求求你……"

然而千帆还是不愿意相信。倒不如说，这已经不是信与不信的问题了。在此之前，她已经将身心都奉献给了小惠，而当这一切反转之时，留下的只有全面的拒绝。

（为什么就是不肯相信我呢？）

（千帆……）

（为什么？）

（对了……）

（这样就好了吧。）

小惠的疯狂，如同暴风雨一般。

（如果杀了那个男人，就可以了吧。）

（我要杀了那个男人。我要杀了他，然后自杀。）

小惠……

40

为什么自己，当时没有相信她说的话呢？不……哪怕到了现在，她还是心存怀疑。

是传言。在男生之间流传的，下流且毫无顾忌的话语。在女生当中流露出来的，残酷而好奇的视线。

他们说，小惠和那个男人已经发生过关系了。比起小惠自己所说的，千帆更相信这些传言，甚至在小惠死后也是如此。

为什么？

（为什么就是不肯相信我呢？）

这也是千帆在不停拷问自己的问题。为什么？为什么自己宁可选择相信那些流言蜚语呢？不，说不定，自己甚至已经连"相信"这种积极的情绪都没有了。她就是无法释怀，在脑中想象着惟道与小惠在一起的情景。

难道说……

难道说，是因为自己被什么迷惑了心智吗？

她执着地相信，小惠会选择男人——是因为自己骨子里的不自信。事到如今，千帆才弄明白这一点。最后，自己还是输给了这份不信任感。

都是因为自己不去相信。

所以小惠才葬送了自己的性命……

当千帆的泪水濡湿枕头时，她才突然发现，自己已经陷入了混乱。小惠并非自杀，而是被人杀害。虽然她没有直接见到小惠的尸体，但警察是这么说的，她是被人杀害的。

到底是谁呢……她想要努力思考这一点，却完全没有头绪。想来想去，最后才产生了小惠是自杀的错觉，并陷入对小惠的愧疚情绪之中。

"对不起……"

小惠的触感，在她的唇上苏醒。

是血的味道。

还有泪的味道。

千帆就这样，渐渐沉入了这黏膜般柔软的海洋之中。

"——千帆，你醒了吗？"

听到母亲叫自己时，千帆睁开了眼睛。已近中午，结果她连衣服都没换就躺下，然后进入了梦乡。

"……嗯。"

"你爸爸说，想和你谈谈——你没事吧？"

"嗯，我马上就去。"

她扎起头发，简单梳洗了一下，便走下了楼梯。

父亲正在起居室里，穿着西装站着，看起来像是马上要出去的样子。

她有一种已经和父亲许久没见的感觉，但事实上他们年底时还见过。虽然千帆的学校离家并不远，而且她已经是三年级的学生，但是因为不愿意和父亲打照面，她还是选择了住校，只是不得不在过年的时候回家。

此时父亲停下了点烟的手，回过了头。"——出大事了啊。"

千帆又感到了那种经常出现的无力感。面对父亲时，她总会产生这样的感觉。

父亲对千帆算是体贴有加，而且这种态度并不是装出来的。他并不会不问事由而突然对千帆大吼大叫，可以算是个明理的父亲。但正是这样，才让事态更加无可挽回。

父亲以"明理"自诩，可千帆偏偏无法忍耐这一点。这是一种独裁者以让步的姿态，在不痛不痒的范围内做出的宽容。好像是一位君王，在向民众展示自己的宽大为怀，却从来不去考虑民众真正需要的是什么。

而这种误解，正是他独裁的免罪符。纵使颠倒黑白，却没有意识到自己的专制。因为在他眼中，自己是"宽大的国王"。在独裁者的脑中，会将自己的行为正当化为对民众的慈悲，从而进行"净化"。

"对不起，让您担心了。"

千帆站起身来，低头说道。与父亲在表面上对立是没有任何意义的，在过去的经验中，她已经学会了这一点。

独裁者的那种"净化"机能，并不仅仅针对他他自己，同时也会对被客体化的对象，也就是他的孩子的社会立场产生作用。如果父亲是"明理的德高望重之人"，那么反抗他的千帆，就会被贴上"不知父母恩德的任性女儿"的标签。这么典型的放弃思考模式，真是令人生厌。

而在这十八年中，就算再怎么不愿意，千帆也学会了一套与父亲的相处之道。表面上，她已经不再忤逆父亲，但她也不想和父亲坐下来好好说话。这就是她仅存的一点反抗之心。

但是，如果还一直放不下这最后一点反抗之心，那么千帆还是觉得，自己仍然是个"孩子"。因为她无法将和父亲的关系，用客观的方式相对化。

"没事吧？"

"没事。"

其实千帆在精神上仍然深受父亲影响，她的反抗与憎恨，就是最好的证据。

而这一点，也让千帆疲惫无比。她会时时想着，干脆彻底屈服于父亲算了。对父亲老实一点，哪怕只有一次也好。总有一天，她能够做到，不将和父亲的关系相对化，而达到真正意义上的"自立"。

然而，不管她再怎么理解这个道理，却还是害怕。一旦这样下去，通过相对化而"自立"，那么自己就会被父亲的自我吞食，从而迷失自己……她无论如何也无法抹去这股恐惧感。

所以不管她表面上如何顺从，心中却一直在抗拒着父亲，拒绝客观地看待亲子间的关系。

那种成为父亲的"一部分"的"快乐"一直在引诱着她，她越是抗拒，这诱惑便越强烈。随着拒绝的程度提升，这种诱惑也越来越强，让她疲惫不堪。

又或者说，这才是她和鞆吕木惠关系的"真实"之处。千帆只是想找到一个能让她感到"快乐"的人，哪怕对方不是小惠也无所谓，只要自己被当作"奴隶"对待就好。这就如同小惠其实并非真正爱着千帆一般，恐怕她自己也并不爱小惠。对于千帆来说，小惠只是那个让她产生某种介于绝对服从欲望，和想要拒绝之间的情感的人，是那个以绝对性存在的对象，也就是父亲的"替代品"。

而一旦这种主从关系逆转过来，千帆对小惠的态度变得冷淡，这就是对父亲反抗的补偿心理——千帆试着这样自我分析。然而，与作为"暴君"的小惠产生关系这件事本身，又何尝不是对父亲关系的补偿呢？

想到这里时，千帆吓了一跳。被父亲的自我所吞食而迷失自我……对于千帆来说，她突然产生了某种妄想，将这种关系与性的奴隶从属关系联系了起来，所以她才一直那样持续地抗拒着父亲吧……一瞬间，小惠那年轻的胴体，与眼前的男人重叠起来，千帆

44

险些发出悲鸣。

"说起来，警察似乎在怀疑你，是真的吗？"

"负责的警察——"千帆慢慢调整呼吸，才能挤出下面的话，"觉得我有些可疑。"

"不用担心，总会证明你的清白的。我也会和警察署那边打个招呼的。"

所谓的打个招呼是什么意思呢？千帆这话到了嘴边却未出口。她突然想到，没准自己可以利用这个机会。对于在这种情况下，还能为了收集信息而冷静计算的自己，千帆也有些惊讶。不过，从某种意义上来说，这种不谨慎的胡思乱想，也容易让她错失一些东西。

"我想拜托您。警方怎么也不肯告诉我，那些我想知道的事。"

"那是自然，毕竟是搜查上的机密事项。"

"不过，我还是希望，能在不影响他们工作的情况下……毕竟被杀的人是我的室友。"

"一般来说，这种时候应该谨言慎行，不过对你来说这有多重要，我也大概能理解。"

千帆一开始并没有立刻领会父亲话里的意思，不过，她与小惠之间关系的流言（父亲一定会把这个仅仅当成流言），一定是被父亲当成了她被怀疑的原因。

"是的，"一般来说，千帆会在此时陷入沉默，这次她却表现出顺从的态度，"我已经在反省了。"

家里人是去年知道她和小惠的关系的。去年，母亲打电话到宿舍找千帆，小惠擅自以"代理人"的身份代为接听。哪怕是千帆家人想要和千帆接触，也得通过她的许可。这就是小惠那幼稚的独占欲所带来的"闹剧"。

"这样啊。"

"警察先生对我很凶，让我有点害怕。"

"但是，事情的调查不是已经结束了吗？"

"不，他说以后会再找我的。"

"还要再找你？真有这么回事？"

"我想，对警察来说，我果然是嫌疑最重的人吧。"

"我知道了，总而言之，我会和他们好好说说的。"

最后的努力也就是这种程度了，不知道是否能有所期待呢……如果这一番作为没有起到任何作用，她一定又会后悔在父亲面前如此低声下气吧。

此时，正打算离开的父亲突然停下了脚步。"千帆。"

"是。"

"听说，你打算去很远的地方读大学？"

其实千帆已经确定会被推荐到当地有名的女子大学。虽然她还会参加全国联考，但其实不需要再参加其他大学的考试了。父亲给予了千帆"自己"最后决定的权利，可实际上，父亲只允许她读这所大学。

"嗯……我是有这种考虑，也不是没想过。"

"在这种时候，会有这样的想法也是情理之中。如果现在还能报考的话，你就去试试吧。发生了这种事，先远离是非之地也好。"

又来了，这就是父亲惯用的体贴。可是在发生了这样的悲惨事件之后，才获得准许离开老家，对千帆来说颇感不快。要是允许她报考外地大学的话，从一开始就同意不就好了。

首先，"最后的决定权属于千帆"这种伪善的"形式"，父亲自己难道不肯承认吗？哪怕即便不是如此，父亲也只是借由让她读别的大学，而再一次强加自己的意志而已。

想到这里，千帆不觉感到愤怒。果然，自己在父亲面前是永远无法保持顺从的。然而，如果持续反抗，则又会像以前那样，在他的影响下，陷入无法脱逃的恶性循环。

进一步是地狱，退一步也是地狱。自己到底要怎么办才好呢？绝望感。没有出口。永远都陷入迷宫之中。所以千帆才会如此憎恨父亲，这个不自觉间将女儿逼上绝路的男人。

千帆的心中只有憎恨。

"这样也好——不过，原来那所女子大学要怎么办呢？你是在指定校推荐中获得入学资格的，如果你不去，他们明年就会拒收清莲的学生。那样对学校和后辈可是会造成影响的。"

"不用担心，我会好好说明的。"

看来父亲也认识在大学里有地位的人。虽然之前没听他提过，不过恐怕这也是父亲极力想让千帆进入那所女子大学的理由。

"谢谢您。"

不论如何，自己还是该庆幸得到这个终于能离开家的机会。如果这个机会不是在这种状态下获得，她可能还会真心感谢父亲。可是现在，她却完全没有这种心思。

千帆将父亲送到门口，而后在全黑车子的后座上，发现那位父亲的"同居人"女秘书正在等着他。

全家人都知道父亲和这个女人的关系。然而，即将打算离开家读大学的千帆认为，如果自己离开家里只剩母亲一人的话，没准父亲会顾虑到这一点而经常回家，让母亲不再像以往那样寂寞。她怀着这样淡淡的期待，目送着黑色车子离去。

千帆穿过清莲学园的正门。这是毕业之后，她第一次回学校。当然，她没有穿制服，而是穿了自己的衣服。现在正是下午的上课时间，院子里空空荡荡，所以她完全没有引起别人的注意。

她静静走上楼梯，来到和职员室在同一层的出路指导室。虽然还是觉得有些睡眠不足，不过待在家里也提不起精神，倒不如趁父亲没有改变心意时，找一所可靠的大学报考。

她打开出路指导室的门。本来为学生阅读资料而准备的大桌子边，现在一个人影都没有。然而，就在千帆走进房间时，房间里突然传来了低声的对话。

"——那种事情，不可能发生吧？"

千帆僵住身体不敢动弹，那是惟道晋的声音。

"我知道啦。不过确实有学生在传那样的流言。"

女性的声音则是英语教师谷本香澄——惟道的未婚妻。

"首先，说我和她有不正当关系就纯属谣言了，更何况还说什么我杀了她……"

"我知道啊。可现在的孩子可不光是说说谣言那么简单，他们还说是找到了证据呢。"

"什么证据？"

"关于凶手是如何进入女生宿舍的证据。你觉得呢？"

"我觉得？本来嘛，如果凶手就是宿舍里的学生，就不需要特意偷偷进入了。当然，我不是在怀疑学生，不是那个意思。"

"可如果凶手不是宿舍里的学生，而是外部人员呢？"

"为什么非要去想这么复杂的事，我们又不是警察。"

"因为学生们都在传这些流言啊。如果凶手是外部人员，那么他是如何弄到宿舍的钥匙的呢？多半是使用了备用钥匙吧。那他又是怎么做到的呢？"

"外部人员是拿不到备用钥匙的吧？"

"如果是纯粹的外部人员，的确是拿不到。不过老师就另当别论。"

"……你什么意思？"

"宿舍不是有轮流值班的制度吗？虽然几年才能轮上一次。"

"啊，女老师的确有这样的机会。"

"男老师也一样啊。虽然平时不会安排男老师值班，不过放长假时，学生都不在宿舍，不就会安排男老师去值班了嘛。你不也在寒假时值过班？"

"我、我……"惟道发出惊吓的声音，"我、我怎么会，去配什么备用钥匙……"

"我当然相信你是不会做这种事的，不过啊，你本来就和许多女生有过绯闻吧？特别是男生对你特别反感，所以才会乱传这些毫无根据的流言。说什么惟道老师配了女生宿舍的备用钥匙，偷偷溜进去一类的。"

"喂，等一下。"

"他们说，昨天晚上你偷偷溜进去的时候，被鞆吕木惠发现了，所以才杀了她。"

"怎么可能啊。"

"又或者，换个更确切的说法。他们说鞆吕木是因为和惟道老师传出了绯闻，而破坏了她和高濑的'要好关系'，所以才恨着老师。因为高濑无论如何也不肯相信她的清白，于是她就打算杀掉惟道老师再自杀。而害怕自己真的被杀掉的惟道老师，就先下手为强，杀掉了鞆吕木惠……怎么样，吓人吧？现在孩子的想象力还真是丰富。"

"这种事，可不能乱开玩笑啊。"

"有一些学生似乎对这些流言信以为真呢。晋先生，你可要多注意点呢，"谷本香澄的声音，突然变得甜美可人起来，"我说这些，可不是对你有恶意，你明白的吧？"

"当、当然明白。"

"我们都快结婚了，如果还要因为这种传言，让我家里人对你产生看法，那可就麻烦了。明明好不容易才让他们相信你的。"

"是啊，没错。"

"事先声明，我可不是怀疑你，我们可是都努力过了哦？"

"当然。"

"对吧？不过昨天晚上，你确实不在公寓里吧。"

"咦……"

"我从昨天傍晚到夜里十一点，一直在给你打电话，可是都没人接听。"

"可、可那我也没有去女生宿舍啊。首先，行凶时间的话，我正好刚回家。我的公寓距离女生宿舍，哪怕开车也要二三十分钟，不可能有时间作案。"

"我不是说你杀人啦，"香澄像是有些被吓住了，"我是问，你不会又是犯了老毛病，出去和什么女人鬼混了吧？"

"啊……这样啊，真对不起。"

"你倒是振作点儿啊。难道说，你还没有放下那件事？"

"那件事？什么啊，哪件事？"

"就是琳达的那件事——"

"怎么可能，那都是去年的事了。"

"那就好，总而言之，不许再给我出去鬼混了。"

"我知道了，我会注意的。"

"对了，说起来，新婚旅行的事——"

千帆感觉两个人马上要站起来，于是赶紧离开了出路指导室，躲进了旁边的女厕所，避开二人，直到两个人快乐的笑声远去。

原来如此——千帆为刚才听到的重要信息而感到兴奋。对啊，是钥匙。还有钥匙的问题。不管凶手是外部人员还是内部人员，总而言之，凶手一定是拿到了女生宿舍的备用钥匙。

这样的话，说惟道是杀害小惠的凶手，也并非毫无根据了。也就是说，虽然还不知道准确时间，不过应该是在新年放假期间，惟道利用在女生宿舍值班的机会，配好了宿舍的钥匙。他到底是为什么要去配钥匙呢？是打算偷偷溜进宿舍，和千帆强行发生关系吧。看来那个男人，还没有对我死心……千帆对这一点非常确信。

惟道并不打算杀害小惠，只是想对千帆出手。可当他潜入宿舍时，却发现千帆不在，同室的小惠发现他后，大吵大叫了起来。惟道不得已才杀了她。那把凶器的刀子，恐怕就是他打算逼千帆就范而准备的。

不，等等……想到这里，千帆突然歪了歪头，感觉有点不对劲。

惟道为了袭击千帆而配了备用钥匙，这一点还尚算合理，是有可能的。

不过，在昨天晚上十一点十分左右，偷溜进二〇一号室，这一点却难以理解。首先，这个学校的宿舍房间都是两人间，惟道是知道这一点的。哪怕他再迷恋千帆，也不会在这种情况下，毫无计划地进入宿舍吧。因为千帆并非一个人住，还有室友小惠在一起，他到底是怎么想的呢？

如果真的打算袭击千帆，那他一定会找小惠不在的场合下手。那么，这可能做到吗？千帆认为，还是有可能的。宿舍附近，有不少地方可以监视宿舍，在那里可以看到宿舍走廊的窗子，因为走廊的窗子没有挂窗帘，所以惟道大可以用望远镜捕捉到学生的进出情况。所以只要监视二〇一室的大门，监视着看到小惠离开就可以了，等到小惠离开宿舍，然后自己再偷偷使用备用钥匙，进入宿舍就好。

然而，这个假说也有一个致命的缺陷。那就是，小惠并不见得会在特定的日子出门。不管惟道再怎么执迷于千帆，也不可能每天晚上都在附近监视小惠的进入情况。既然如此，他就会考虑其他方法吧。

还是说，实际情况是相反的。惟道打算袭击的并非千帆，而是小惠。为了这一点，他必须等到千帆出门。但是，千帆也同样没有哪天是一定会出门的，惟道也不可能每晚进行监视。如果只是为了杀害小惠，这种方式有些过于复杂了，一定还有其他办法。

思来想去无法得出结论的千帆，暂时对"惟道是凶手"的假设采取了保留态度。不过惟道可能配有女生宿舍的备用钥匙，确实是个重大情报。虽然他本人不承认，但他当时那慌张的样子，更加让人确信他一定做过。千帆这样想着。

说起来，香澄所说的琳达又是怎么回事呢？难道惟道还和外国女人有什么牵扯？不，她感觉自己似乎听到过琳达这个名字，弄不好可能是指别的什么东西。香澄当时说的是"放不下"，还有"去年的事"，那就说明，这对惟道来说一定是一件相当震撼的大事。那又是什么呢？虽然不一定和这次的事件有关联——千帆一边想着，一边看着摆在出路指导室里的各个大学的资料。

必须要在进入大学之前的四个月里，找出杀害小惠的凶手——她这样想着。为了达到这一目的，必须要调查很多东西。即便选好新的大学，也没办法去参加太多考试。那么，就只选择一个大学吧。

要选哪里呢，千帆开始寻找有二次招生的大学。

"——啊。"

从背后传来了一阵声音。她回头一看，是她以为已经随惟道一同离开的谷本香澄。

"高濑同学，辛苦了啊，"也不知道她是否知道惟道对千帆的"执迷"，香澄同情地将手搭到千帆肩上，"你没事吧？"

"嗯，没事……"

"我们真没想到，鞆吕木同学，竟然会发生这种事……作为她的朋友，你也受了很大刺激吧？"

虽然她用了"朋友"一词，不过从她刚才和惟道的对话里就能看出，香澄要么就是不知道自己和小惠的关系，要么就是单纯地相信那些毫无根据的流言。

"不过，你为什么会在这里呢？我记得，你应该已经获得大学的推荐入学资格了吧？"

"因为这次的事，我想去读一所外地的且离家远一些的大学。"

"啊，原来如此。不过——"

香澄好像想要说什么，却又欲言又止。可能是想指出指定校推荐的问题吧。

"就当是想要转换心情吧。"

"是啊，那还是去远一点的地方比较好。去转换一下心情也不错。那高濑同学想要去哪里呢？"

"还没想好，只要能远离老家，哪里都行。"

"想要远离这里啊。"

"那，南方应该不错吧。"

"南方的话，你是说冲绳？"

"也可以啊，不知道那里有没有大学呢。"

"怎么说呢，现在选的话……啊……对了对了，"她突然站起身来，取出了一份文件，"之前有学生问过这所大学，你看看这个怎么样？"

"是哪里呢？"

"安槻大学。"

"咦……安槻在哪里？"

千帆此前听说过这所大学，却完全不知道它处于日本的哪个位置。会不会还是选冲绳好一些呢。

"与其说是在南边，倒不如说是在西边。全国排名的话，估计是从下面往上数的，不过倒还是个国立大学。就在这里，你看，现在正好在二次招生。"

千帆看着香澄递过来的资料。其实她并不是真的感兴趣。不过还是看到上面写着，二次招生的时间是到明年的二月二十日。那就选它吧，千帆马上决定了。而高濑在三年级时的班主任，也是她的"信奉者"，只要自己去拜托他帮忙，对方肯定会高兴地明天就把报考所需的资料都准备好的。

千帆就这样迅速而不加考虑地选择了那所将来会发生命运般邂逅的大学。"——这些注意事项，能帮我复印一下吗？"

"是可以啦，不过你是真的要报这所大学？原来那所女子大学——"

"我只是想转换心情啦。"

这并不是借口，而是此时千帆的真心实意。当时，她并不知道自己真的会就读那所大学，更不知道在那里认识的某人会帮助她解开鞋吕木惠被杀之谜。

"对了老师，我还有件事想拜托您。"

"什么？"

"惟道老师的班里，应该有个姓能马的学生吧？"

"嗯，怎么了？"

千帆说出了惟道的名字，香澄的表情却没有什么特别反应。果然她还不知道那件事吧，又或者这是她的演技吗——不，她应该真的不知道。千帆得出了这样的结论。

仔细想想，惟道其实并不笨。毕竟和未婚妻在同一所学校工作，先抛开普通女生对他的仰慕之心不说，单从他的角度，可绝不能轻易暴露自己对某个特定女孩的异常执念。

傍晚，坐在咖啡馆窗边的千帆，正在看着刚刚送过来的晚间报纸。

报纸上记载了昨晚发生的事件。市里私立高中的女生宿舍一年级生 A 子（十六岁），被人刺杀——就是这样的内容。当然，这里面既没有提到清莲学园的名字，也没有写出小惠的名字。这也是理所当然的。可千帆总有种因为对小惠的死匿名而被轻视的感觉。

就在她歪过头时，发现有人隔着玻璃向她望过来。是能马小百合。此前千帆请香澄帮忙带话，说自己在这里等她。

她招了招手，示意能马进来。"——不好意思，特意让你来一趟。"

"不，没事——"

小百合和昨晚一样，表情僵硬地回答。不知道是因为学校规定学生不准进入这种咖啡馆，还是因为被千帆叫出来而紧张。

"我想问问你昨晚的事，可以吗？"

"不过，我可什么都不知道啊。"

"你只要告诉我自己知道的就好。昨天晚上，你目击了事件的发生吧，不是你就是柚月。"

"是的，是柚月……不过，你是怎么知道的？"

"怎么说呢，毕竟你们的宿舍就在我们隔壁吧。"

"昨天晚上十一点十分的时候，我突然听到很响的声音——"

"很响的声音？"

"是玻璃被打破的声音，"那应该是花瓶打碎阳台玻璃的声音吧，千帆想，"然后，柚月就跑到了走廊上。"

"昨天晚上柚月一直在房间里，没有出去玩吗？"

"没有，她傍晚后出去了一会儿，不过马上就回来了。我想大概是九点左右吧，回来的时候看起来很不高兴。"

"很不高兴？"

"原因我就不知道了。"

"嗯。接着，到了十一点十分，你们听到了玻璃打碎的声音，柚月跑到了走廊上，然后呢？"

"我因为害怕，所以就待在房间里。"

"你一直在房间里？"

"嗯。后来警察来了，还引起了骚乱。我当时害怕极了，所以一直躺在床上。直到鲸野来让我们到读书室集合。"

"那么，你没有去过现场？"

"根本没有，幸亏没去呢。柚月那样的人看了现场的惨状，都变得脸色铁青，如果是我，一定会吓昏过去的。"

"柚月有没有和你讲过她目击到的事情？"

"还没来得及说呢。警察问话一直问到天亮吧？我们几乎没怎么睡觉就又去上课了。到现在我还昏昏欲睡。"

"这样啊。"

“那个……你知道吗？”

“什么？”

“他们都说，惟道老师，有点奇怪。”

“你是听谁说的？”

“学校里的男生都在传。他们说，惟道先生和鞆吕木同学，是那种关系，”小百合说到这里，顾虑到千帆的心情，停顿了一下，然后继续说道，“因为流言的事，鞆吕木对惟道老师怀恨在心。因为大家认为，传言是惟道老师自己散布出去的，而高濑同学则绝对不会允许鞆吕木和别的男人有关系。所以她打算杀了那个男人，再自杀。我也看到当时鞆吕木同学哭泣的样子了。惟道先生多半也知道这件事。因为他害怕真的被鞆吕木同学杀掉，所以先下手为强，杀掉了鞆吕木同学。”

“这样啊……”千帆至今都从没想过，他和小惠的流言，是惟道晋本人散播的，这让她不禁吓了一跳，“是真的吗？”

不过，这是有可能的。倒不如说，这很有可能就是事件的真相。千帆的愤怒让她的身体颤抖起来。他和鞆吕木惠的流言，竟然就是那个男人自己散播的。这正是让千帆远离小惠的阴谋，一定是这样，没错。

然后呢，千帆就这样一步一步走进了惟道布置好的圈套之中。

“那个……”

“怎么了？”

“关于柚月同学，其实她不必住宿舍吧？”

看来这话题和事件并没有什么关系，千帆松了口气。“她已经是二年级学生了吧，她家住得很远，大概是不方便从家里来上学吧？”

“那去租个公寓一个人住就好了吧？明明家里那么有钱，还非要住在宿舍里，每天晚上偷偷溜出去玩。就算被宿舍赶出去也不为过。"

"怎么了，能马？你和柚月同学吵架了？"

"倒不是吵架，只不过那个人太我行我素了。"

"我行我素，什么意思？"

"擅自动我的东西，这一年里，她都没有自己买过洗发水。"

"难道她一直用能马同学的？不过刚才你也说了吧，她家里有的是钱，怎么会在乎这个。"

"还不止这样，她还私自打开我的信来读。"

千帆吃了一惊。她虽然之前也知道柚月步美极为任性，倒没想到她如此没有常识。"这样的话……就有点问题了。"

"对吧？简直就是侵害隐私权，而且还完全没有罪恶感。趁我不知道的时候，读我家人寄来的信，知道了家里人什么时候给我寄生活费，然后就跟我说：'你现在有钱对吧，借给我点儿。'"

"太过分了吧。想要零花钱的话，直接问有钱的家长要不就是了。"

"可我那时根本拒绝不了，毕竟她是学姐啊。"

"你不去找老师谈谈？"

小百合不甘心地撇了撇嘴，摇了摇头。"没有，要是我这么做，被柚月发现了，一定会用更阴险的手段对付我的。"

"不过你再坚持一个月，就可以申请更换室友了吧。"

"可是我现在一天都坚持不下去了。"

说完这句话后，小百合陷入了沉默，似乎是在反省刚才说话的语气。过了一会儿，她又胆怯地说道："……那种事，应该不可能吧。"

"嗯，什么事？"

"说是鞆吕木同学和惟道老师有那种关系。"

话题又回到了原先的事件。她是不想伤到千帆，才否定这个谣言的吧，不过她这话，似乎有些自己的根据。

"能马同学，你知道什么吗？"

小百合移开了视线，似乎是装出没有听到的样子。"什么时候才能抓到凶手呢？"

"这得看警察的努力程度吧。"

"真的能抓到凶手吗？"

"没事的。日本的警察还是很优秀的——说起来，能马同学，你是惟道老师班里的学生吧。你知不知道，有个叫琳达的人？"

"琳达？"

"我想应该是个人名。"

"听起来像是美国人，总觉得……"

突然小百合闭上了嘴。

"怎么了？能马同学？"

"那个……"

"你不舒服吗？怎么脸都青了。"

"不是……高、高濑同学。"

"怎么了？"

"不、不是……"小百合一边颤抖着嘴唇，站了起来，"对不起，我、我得走了……"

"这样啊，对了，这样的话——"

千帆本想拜托她带话给柚月，说想要见她，不过此时小百合已经离开了咖啡馆，好像是逃走一般远去了。透过窗子望着她背景的千帆，此时完全摸不到任何头绪。

当然，她也不知道，那是她最后一次见到活着的能马小百合。

ACT 2

　　第二天，二月二十日。千帆做了极其可怕的噩梦。不知道是否是前一日的疲劳作祟，不管如何被梦境折磨，她却始终无法从那沉落的泥泞之底浮上来。

　　前天她在血海般的现场所见的场景，对她来说打击并不大，甚至有种"原来这就是杀人现场"的感觉。然而，真正的冲击是在心里稍微平静之后才袭来的。

　　在梦中，千帆在异国的湖中伸手探水，却抓起人类的毛发，缠在她的手中。不知不觉之间，原来自己已经踏入血湖之中。她所做的就是这样的梦。

　　在血湖之中，有只一人大小的眼球，浮起仰望着千帆。恐惧堵在她的嗓子眼中，让她连惨叫声也发不出来。就在她被那红色视线所纠缠，用力挣扎时，她终于醒了。

　　过了好一会儿，她都无法把头从枕头上抬起来。她调整呼吸，数次确认自己的确是从噩梦的世界中清醒了。不知道是不是反差造成的感觉，现实的世界反而显得异常平静。

　　平稳。然而，事实并不该如此。这个现实世界本身才是"噩梦"不是吗？小惠已经死了，被什么人所杀害，小惠已经不在人世，不会再回来了。这样的世界，会是平静的吗？

此时，由事件本身所带来的冲击，也渐渐在千帆心中膨胀了起来。然而，不知道为什么，对于"失去"小惠的那份悲伤，却意外地稀薄。千帆发现，自己意外地，似乎已经开始渐渐忘记小惠……

难道说自己终于被小惠"解放"，从而朦胧地产生了一种安心感吗……这样的疑问涌上她的心头。然而，真的是这样吗？小惠的存在，对自己来说就只是这样而已吗？对于自己来说，鞆吕木惠这个少女，到底算是什么呢？

又或者说，自己也许已经陷入了混乱。千帆这样想道。失去小惠的事实，对她产生的打击过大，让她的精神进入了超负荷状态。对，可能是这样。不，她只是想这么认为而已。

为了"治愈"自己，一定得找出杀害小惠的凶手……她想到这里，突然看了看表，已经是十点半了。

糟了。千帆慌忙起身。她本来是打算今天早些起床，在上课前找到柚月步美，和她取得联系的。

千帆有点想放弃这个打算，不过还是抱着一线希望，给女生宿舍打了电话。如果她报上本名，可能会被鲸野为难。所以她故意变换了声音，自称是柚月步美的家里人。

"喂——"

柚月步美那听起来似乎有些生气，没睡醒一样的声音，从电话听筒里传来。千帆一开始，还以为她是生病了才没去上课。

"咦？稍等——"步美的声音稍微远了一些。千帆从电话里听到鲸野的声音，似乎以命令的语气在说着什么。"是、是，我知道了。我会去上课的，马上就去。"

看起来，步美并没有请病假，而只是睡过头了。恐怕还是像往常一样，又在半夜出去玩了吧。旁边的宿舍刚刚发生过杀人事件，还能这样懒散，千帆有点佩服她。

"嗯，咦？什么？我知道了。我转交就行了——真是够了。"步美不情愿地说道，随后终于重新对着电话说道，"久等了。"

"我是高濑。"

"啊？"

"我想和你见面聊聊。放学后，在学校外面。"

千帆单刀直入地说道，而步美那昏昏欲睡的声音却没变。"为什么？"好像她在一边打着呵欠一边说，"为什么我非要见你不可？"

"我有点事想问你，关于前天那件事。"

"前天，你说的是那起事件？"

"对，因为你是目击者吧。"

"对此我无话可说。"

"什么？"

"我说了，我无话可说。警察不让我把案件相关的事告诉任何人。真是不好意思——"

不过从步美的语气里，可听不出任何抱歉的意思。虽然菓可能跟她说过类似的话，不过很明显，她是以触怒千帆为乐。

"用不着口风这么紧吧，告诉我嘛。"

千帆尽量用开玩笑的语气来说这件事。在此之前，虽然两人住在邻近宿舍，不过可一直没有什么积极的交流，倒不如说对方是对千帆抱有反感的。再加上昨天能马小百合所说的话，千帆更加确信，步美是不会向别人示好的类型。她努力让自己不要在对话中流露出这种想法。

"不行不行。警察先生可说了，尤其不能跟你说关于事件的事。"

"尤其不能和我说？至于吗？"

"真的啊。"

"为什么不能和我说呢？"

"因为你是事件的嫌疑人啊。把事件的详情告诉你，不就麻烦了？"

"不过柚月，你可是事件的目击者，所以你应该是最清楚我不是凶手的人吧？"

"不行不行，别想套我的话，我可不会上当的。"

"现在宿舍情况如何？"

"什么意思？现在宿舍很平和。不过你房间里的地毯已经被掀走了，地上光秃秃的。断水要持续到明天，所以现在不能打扫，那臭味真是太大了。"也不知道她是故意想惹千帆生气，还是因为自己确实被血腥味道弄得大受刺激，才故意说出这样露骨的话，"不过好像现在终于洗好了。昨天宿舍周围还有警察乱晃，今天就好像什么事都没发生过一样了。"

"那打破的玻璃，被处理掉了吗？"

"我听说好像是今天来换。好了，我要挂电话了。"

"小惠的个人物品，还留在宿舍吗？还是说，小惠的家人已经去认领了？"

"我不知道，为什么我要关注这些事啊？"

"对了，柚月，你能再回忆一下吗？玻璃到底是在什么时间，怎么被打破的？"

"这种事还是免了吧。如果你怎么都想知道关于事件的细节，就直接去问警察吧。弄不好他们会告诉你的。"

千帆从电话这边都几乎能感受到柚月那露骨的嫌恶感，以及她对着话筒做鬼脸的样子了。对于这种幼稚的行为，千帆不觉得生气，反倒觉得可笑，这让她起了一点恶作剧的念头。"对了，柚月，前天晚上，你好像心情不太好啊。"

"咦？"

"不过也不用难过啦。惟道天性就喜欢女人，只要你继续加以引诱，他早晚都会上钩的。"

"你怎么会知道？"步美惊讶地问，"你怎么知道，我喜欢惟道老师……"

"咦，我猜中了吗？我只是随便套话试试而已。"

咔嚓一声，对方挂断电话的声响几乎把千帆的鼓膜震破。她苦笑着放下电话。

对于千帆来说，惟道这个最差劲的男人，却偏偏是学校里众多女生憧憬的对象。在他的"后援会"里，甚至还有在外人看来，可谓是愚不可及的序列，用以决定"诱惑"惟道的顺序。柚月凭着她那好强的性格，强行自封为"第一位"，而不让其他学生接近惟道，千帆经常听到这样的流言。

而这流言和谷本香澄所说的似乎有些关系，十八号晚上，她给惟道打了数次电话，都无人接听。果然如她所料，虽然她还不知道惟道当晚去了哪里。不过费劲心力从宿舍溜出来，赶到惟道公寓，却发现对方不在的柚月，如能马小百合所说的心情不好地回到宿舍，也是理所当然。

不过这种事怎么样都好了。接下来要怎么办呢？

要像柚月步美所说的那样，直接去问警察吗？想到这里，她把当时拿到的名片拿出来，拨打了上面的电话。

然而，菓似乎并不在。千帆只好在电话录音中留下自己的联系方式，说自己想在对方有空的时候见个面。

接下来呢？要一个一个去问宿舍里的学生吗？不，这样效率也太低了，而且会被鲸野发现。她一定会干涉千帆的调查。

那还是集中火力攻下菓会好一些吧。千帆得出了这样的结论。接下来只能等待对方的联系，在这期间，自己也没有什么能做的了。

千帆突然想起了昨天香澄所说的琳达的事。她想起自己问到此事时，能马小百合那奇怪的态度，说明这件事非常可疑。

这个琳达会不会是惟道班里某个学生的昵称呢？这样的话，身在同一班级的能马小百合知道也不奇怪。难道说——千帆突然想到，这个琳达是否与惟道的学生发生过什么争执。在这种情况下，同一个班的鞑吕木惠也被卷了进去，所以没准和这次的事件也有关系。

这听起来虽然有些牵强，不过千帆还是决定试着调查看看琳达的事。要直接去问谷本香澄吗？可此事毕竟是惟道的隐私，如果因此让香澄误会自己和惟道之间有什么见不得人的关系，就糟糕了。

那么要去问谁呢？这时千帆才发现自己平时不结交朋友的不利之处。哪怕去问平时说过几句话的同学也好，不过她一直想不到什么合适的人选。

现在的一年级和二年级学生都在上课，那就去问同样是毕业生的人好了，而且最好还是不同班的同学。和同班同学相比，反倒是不同班且和千帆有些距离的同学会更愿意帮助她，只要千帆放低姿态。而她对于和男生亲近有抵触心理，所以人选还是限定在女生之中。

她家里有清莲学园所有学生和教职员工的联系方式的名册，所以她再一次下楼，从刚才限定的条件里选人，直接打电话过去。

可这样也没能得到信息。对方要么不在家，哪怕在家，也对此事完全不清楚。

终于，打到第七个人松尾庸子时，她才得到了一点信息。在她刚入学那一年，庸子是她同班的委员长，身材瘦小，还戴着眼镜，一看就是很勤奋的那种学生。两人从来没说过话。不过要说起来，此人也是对千帆持批判态度的那类学生吧。

不过此时，千帆也顾不了这么多了。她礼貌地报上姓名。之前的六个人，一听是千帆，便毫无顾虑地显露出对事件的好奇心。不过庸子却似乎不太一样。

"——咦，是高濑同学。你还没有被捕吗？"

怎么突然之间，自己就被当成凶手对待了？看来和"惟道凶手说"一样，"千帆凶手说"的流言也在学校里流行起来。最开始的六个人，虽然也曾经听过类似流言，却没像庸子这样直白地说出来。

"还好日本是法治国家，在没有证据的情况下，警察是不会随便逮捕人的。"

"哎呀，那还真是可惜。"难道自己被抓，会让她这么高兴吗？千帆正这么想，对方的话却让她大吃一惊。"这样的话，我可就没灵感了啊。不过算了，换个桥段就行了。"

"你说什么？"

"嗯，没什么，只不过是自言自语。"

"我好在意啊，你所说的'没有灵感'是指什么？"

"高濑同学，你想不想试试穿男装啊？"

"……啊？"

"我是说，把头发剪短，试试穿男装？一定很帅气的。就像是宝冢的男役①一样。"

"不好意思，我没有这种兴趣。"

---

①身为女性却扮演男角色的人。

"是吗？真是可惜。鞆吕木同学虽然留着长发，不过眉毛粗粗的，某种意义上也挺像男孩。你们这个组合倒是相当不错。"

千帆完全搞不懂她是什么意思。"松尾同学，你到底在说什么……"

"这样的话，禁忌爱恋关系中的一方，杀掉了另一方，不是很完美的桥段吗？唉，真是可惜。"

"你说的完美，到底是指什么啊？"

"啊，是我写的稿子。"

"稿子？"

"也就是所谓的耽美小说。难道你没有读过？"

"耽美小说，那是什么——"

"是美少年之间相爱的内容。因为在上大学之前有段空闲，所以我打算写点东西，向专门的杂志投稿。我现在正在努力创作呢。"

"等、等一下……"

"嗯，我本来是打算在身边的人里寻找创作原型的，不过完全没有合适的人选呢。不管是在学校里，还是家里，都是些污染美少年爱好者眼睛的货色。"

"如果想要美形的角色，那惟道先生不是正好？"

"不行，那可绝对不行。"

"为什么？"

"我承认，在清莲学园的男人中，他长得是最好看的，不过他有些好色过头了，这种大叔我可是看都不想看一眼。我敢打赌，再过个两三年，他就会变成肚子突出、有双下巴的大叔吧。现在他可是已经出现这种征兆了。"

"我说啊，松尾同学——"

"在这方面，高濑同学，你的美可是挑不出毛病的。像你这么美的人，哪怕是被你杀掉也好。啊，我说的是，如果你是男人的话。真是可惜啊，可惜，你为什么是女人呢？"

"你说什么可惜……"

"不过，如果你能穿男装的话，那也勉强可以。你可真是给我提供灵感的宝库啊。你拥有摄人心魄的美，而且对男人也没有兴趣，充满神秘感。如果和你的女朋友一起穿上男装试试看不是更好？光是想象一下，就觉得不得了。比起那些普通的美男子来，你可是更优秀啊。"

"这……"千帆被她的一番话吓得不知该如何作答，"你这么说我也不知道要怎么回答啦。至少我不想穿男装。"

"唉，这就没办法了，人人都有自己的兴趣嘛。不过你应该是真的女同性恋吧？虽然我对于真正的同性恋是敬而远之的，不过女同性恋在一起的时候，不会两个人，或者至少其中一个人穿男装吗？我记得是叫 T 还是小猫——"

"刚才你说惟道先生，"千帆实在跟不上刚才的话题，于是便强行打断庸子的话，"我想问一些和他有关的事。"

"什么？"

"你知不知道，惟道先生认识一个叫琳达的人？"

"琳达？这是谁啊？听起来像是外国女人的名字？"

"就是因为我不清楚才想问你。我听说，这个叫琳达的女人和惟道老师有什么关系，好像是去年发生的事。"

"去年——啊，说起来，虽然我不知道琳达这个名字，不过那个大叔去年养的狗突然死了，我听说有这么回事。"

千帆可是做梦都没想过，会有年轻女孩管惟道叫"大叔"。她认为柚木步美这样处于青春期的女生都会喜欢他，看来这是自己的偏见吧。这个世界可是很大的——不过现在并不是发表感慨的时候。

"狗？"

"对，就是狗。我记得他给狗取了个像是外国女人的名字，应该是只母狗吧。"

"等一下。惟道老师应该是住公寓吧，而且他的房间还是在二楼。"

"啊，你还真清楚啊。我原本还以为，高濑同学你和其他女生不同，有一种超然于世的感觉呢。没想到你对他也有八卦的兴趣啊，真是让我有点失望。"

"随便你怎么失望啦。总之，你是说，惟道老师在公寓的房间里养狗？"

"好像是有这么回事。当然，公寓其实是禁止养狗的。"

"后来发生了什么，那只狗死了吗？"

"应该是这么回事吧。"

"我听说他当时大受打击。好像是很喜欢那只狗吧。"

"这我就不清楚了。不过受打击的似乎不是他，而是他的邻居。"

"邻居？"

"因为啊，听说那只狗是被毒死的。"

毒死的……在心里反复着这个词的千帆，感觉自己的喉咙被什么堵上了一般。

"明明还很年轻的小狗突然死掉，老师好像觉得可疑，就送到了兽医那里详细检查，结果发现是喝了什么毒药而死的。听说还不是杀鼠剂一类的药物，而是氰酸类的剧毒。如果是恶作剧的话也是有些过分了，所以他的邻居都有点害怕呢。"

"氰酸类……"

千帆好不容易发出声音，那声音听起来却如同濒死的老太太发出的呻吟一般嘶哑。

"你看，推理电视剧里不是常有这种剧情吗？在毒杀人之前，先用猫狗实验药性。所以那附近的主妇都在猜测，这会不会是杀人案的前兆。好像她们还通知了警察呢。"

"你说这是去年的事情，那具体是什么时候呢？"

"我想想，应该是第二学期——不，等等，是在暑假之前。当时我刚刚升上三年级，应该是春天——嗯，对了。当时连休假期刚结束，我就在学校里听到了这个传闻。"

看来她的记忆力相当不错，千帆真心感到佩服。

"……那之后，又怎么样了？"

"你说什么之后？"

"你刚才不是说，主妇们通知了警察吗。那之后警察调查出什么线索没有？"

"这我就不知道了。不过那之后，我也没有听到什么传闻了。也不知道警察到底查了没有，总之从结果来看，是没有什么然后了。如果真的发生了什么毒杀事件，电视新闻里总会报道的吧？"

"说得也是……我知道了，谢谢你。"

"不客气。对了，高濑同学。"

"什么？"

"如果你心情不好，不如什么时候，来我家里玩吧？"

千帆一瞬间不明白对方是什么意思，不过马上意识到，她说的应该是穿男装的事。"——绝对不要，不好意思。"

"真是的。你明明这么漂亮，如果打扮成男人，没准反而更能强调出女性化的一面呢。怎么样，要不要真的试试看？"

"不要。"

千帆正打算挂断电话之时，对方叫道："高濑同学。"

"什么？"

"虽然可能是我多心了，不过你还是小心点为妙。"

千帆正要将话筒归于原位的手停住了。比起庸子所说的内容，一向沉默寡言的她，现在居然变得这么饶舌，这一点反倒让千帆提起了兴趣。两人只有在一年级时是同班同学，或许是庸子的性格在这两年发生了变化。

"我要注意什么？"

"这种事，我又不是当事人怎么会知道。不过被卷入纠纷的时候，仔细想想是不是自己招惹了什么人，这一点可不是坏事。"

"招惹了什么人……你是说我？我招惹了谁？"

"这我就不知道了。不过像你这样的大美人，会不经意间惹上什么人，也是很正常的吧。"

"刚才你就一直这么夸奖我，还真是多谢了。你的意思是，我的容貌会招惹到同性的反感吗？"

"不，倒不如说是相反。"

"相反？什么意思？"

"引起女性的反感……啊，这样啊，女人会嫉妒倒是真的。不过，如果和自己没有利害关系，女人只是会憧憬漂亮的同性呢。你明白我的意思吗？"

"嗯，多多少少吧。"

"而且你还是有名的女同性恋。至少在清莲学园，不会有女生担心你会抢走她们的男朋友。"

"然后呢？"

"我刚才说过了。你的美，比起同性，更容易激起异性的嫉妒心。"

"异性，你是指男人？我被男人嫉妒？你的意思是，因为我是同性恋，所以男人会担心，我会夺走他们的女人？"

"也有这种可能，不过我想还有更深层次的嫉妒。"

"更深刻的？"

"说白了，就是男人的'Narcissism'。"

"男人的……什么？"

"'Narcissism'，自恋。"

"也就是说，对于你最有研究的美少年的自恋心而言，我会触怒他们？"

"抱有这种自恋心态的，并不只有美少年。哪怕是在他人眼中不修边幅的大叔，也会有这样的自恋心态。事实上，每个男人心里都有这种心态。你看，就像人们常说的，每个男人，都会有些娘娘腔特质。你认为这是怎么回事呢？"

"你说的娘娘腔是指同性恋吗？"

"严格地说，这和同性恋也不是完全扯不上关系，不过还是稍微有些不同吧。我指的是那种彻底的自恋。同性恋的恋爱对象总归会是别人。虽然同性恋也有很多种形态，不过都是以男性的肉体美来映射自己的镜像，所以也不能说与自恋没有关系吧。而所谓的女装癖，也是依靠自恋心态而成立的。女装癖并不一定要和男人睡觉，有些人的做爱对象是女人，总之很复杂。不过，不管种类如何复杂，这类性癖的前提就是男人的自恋心理，这一点是不会改变的。所以实际上，不光是同性恋关系，男人与异性发生关系，也是以自恋心理为基础的——这才是最重要的一点。"

"那女人呢？女人不存在这样的自恋心理？"

"不，没有这回事。女人的存在本身，就是一种自恋的产物。要是说起来的话，自恋主义者，可以和女人直接画上等号，这可是社会上的普遍性认识。因为女人的自恋具有社会性，所以不会让人感到不自然。也就是说，表里如一。"

"你的意思是，男人的话就有内层的含义了？"

"正是这样。如果是公认的美少年自恋，谁也不会对此吃惊。不过，就像我刚才所说的，这个世界上并非只有美男子，外表脏兮兮的男人才是大多数。如果说这些人自恋，大多数人恐怕无法理解。这不是在开玩笑，自恋这件事，正是支撑我们存在的东西，在世界上，根本没有不自恋的人。不管是多么肮脏懒散的男人，如果没有这份自恋之心，就无法生存下去。也就是说，世界上没有不是娘娘腔的男人。只不过和女人比起来，这种男人的自恋，是因为欠缺社会的认同，所以更加'秘密化'，变得更加扭曲。这才是问题所在。"

"我好像明白了，可又好像不明白……"

"简而言之，就是男人的嫉妒心更可怕。女人不管嫉妒有多强烈，也不会让人觉得不自然，可以说是一种比较健康的形象。可男人的嫉妒，因为被自恋心理所压抑，所以不会明显地表露出来，因此才会以一种非常扭曲的形式爆发。我这么说的话，你能明白吗？"

"以非常扭曲的形式爆发……"

"没错。"

"也就是说，有可能会以犯罪的形式——松尾，你刚才是这个意思吧？"

"没错，正是如此。在我看来，像高濑同学你这么美的人，一定会刺激到男人的自恋心理。最明显的例子就是，对于男人来说，不管再怎么憧憬你，也无法把你占为己有——他们被这样的无力感所

73

刺痛。男人喜欢美女，是因为带着美女一起出门，可以满足他们的自恋心理。这其实也不过是自恋的一种形式而已。然而，你绝对不会变成他们的所有物，这一点，刺激了男人的自恋心理。被伤害的男人，就会对你产生攻击的冲动。"

"总而言之，你是说，男人对女性的所谓爱情，不过是谎言而已，实际上，只是他们在为自己考虑吧。这是你到目前所说的话里，我最明白的一点。"

"不过，比这更恐怖的，并不是那种因为你不会属于他们而产生的妒忌心理，而是他们无论如何都无法达到你这样美丽的嫉妒心。"

"男人也会希望自己变得美丽吗？"

"当然，自恋心理并不是仅仅依靠外貌方面而成立的。不过，外在的美貌，有更容易吸引别人注意的功能，所以的确是最重要的因素。人类啊，就是想让别人认同自己价值的生物。因此我想，男人想让自己变得更美丽这一点，并没有错误。而本来就有些容貌优势的男人，更容易对你产生嫉妒心理。最开始就和美丽无缘的男人，应该会马上放弃，可是那些有些姿色，一直沉浸在自恋心中的男人，见到了你的美貌，可是会受不了的。虽然有点多余，不过我是有点担心你啦。"

有些姿色的男人……千帆立刻就联想起了惟道晋。

本来，千帆以为，惟道对她的执着，只是出于男人的本能欲望这样的程度而已，可是听了松尾庸子的一番话，她才感到事情可能并非这么简单。

难道说，惟道对千帆的憎恨，正如庸子所言，是源于对美丽的追求。可是……

"我说，松尾同学。"

"怎么？"

"如果按你刚才所说的逻辑，那么男人，是否有可能因为对美丽的追求，而对女人产生杀意？"

"不是有没有可能的问题。极端地说，男人要杀害女人的理由，只有这一点。你看，世界上不是经常有那种痴情的男人，杀害移情别恋的妻子或者恋人的故事吗？去问他们的动机，他们都说，如果爱人要变成其他男人的东西，还不如被自己亲手杀掉。总而言之，就是这么回事。对于男人来说，忠于自己的女人对他们无法构成'威胁'的，也就不会刺激到他们的自恋心。因为所谓的忠贞，就是属于男人自己的东西，也是自我投影的对象，所以没有关系。一旦这一部分要变成他人之物，就会变成刺激他们自恋心的'敌人'。所以，他们才会走向极端去杀人。对于人类来说——对于男人来说，威胁到他们自恋心的东西，是非常难以忍受的。这种刺激，与他们自己存在的危机感紧密相连。"

"难道说，我在自己不知道的情况下，已经对某些男人产生了威胁，从而让他们有了足以对我产生杀意的憎恨——是这个意思吧。"

"没错。而且很可能是你没见过、也不认识的男人。你看，最近有很多杀人案，凶手所杀害的都是自己完全不认识的对象。可以说，我们现在已经处于无动机杀人的年代了。当然，如果要我说，所谓的动机就是威胁到了自己的自恋心。而马路上的杀人魔杀害女性，也是出于同样的理由。高濑同学，你还是小心一些为好。像你这样美丽的女人，可是相当危险的呢。"

"我明白了。"

"你要对男人加倍小心。你可能会认为，只有女人才会把你当作敌人。事实上，嫉妒你的女孩也的确很多。不过真正危险的，是男人。"

"我懂了。松尾同学，如果我早些找你商量，获取这番知识就好了。"

"不客气。等我的书出了，我会送你一本的，虽然不知道何年何月才会出就是了。"

"好的。"虽然千帆并不想读什么耽美小说，不过如果能从中学到这些人类观察的事，她倒是愿意丢下偏见，去试着读一下，"我很期待。"

可现在并不是读小说的时候，挂断电话后，千帆变得忧郁起来。难道惟道晋出于扭曲的男人自恋心理，对她产生了憎恨和杀意吗……对于千帆来说，这是无法无视的实情。本来她还以为，对方只是对她的身体产生了欲望。可现在，又有了对那份可怕"执迷"的新解释。

这样的话，她就更不能轻易排除惟道是凶手的可能性了。弄不好，他是真的想杀害千帆，或者想通过杀害小惠，来对千帆的心理产生伤害。

不论如何，之后都要好好考虑一番惟道的事。另外还有琳达的事。惟道公寓里养的狗被毒杀了。不仅是毒杀，还是氰酸类的毒药。千帆又涌起了新的疑惑。

难道说……是小惠干的？

如果是这样的话，惟道杀害小惠，就有了之前她未曾想过的其他动机。虽然她觉得这个理由颇为牵强，不过的确有人把自己养的小狗，当成比孩子更重要的生命来对待。所以人到底会不会为了宠物而杀人，不能一概而论。

可是，难道小惠她……

千帆回到二楼，倒在床上。她看着天花板想东想西，不知不觉又睡了过去。

这一次，她没有做梦。等她再次醒来时，已经接近中午。为什么自己睡了这么久，她自己也觉得不可思议。千帆并不习惯久睡，更何况小惠现在尸骨未寒，哪怕是失眠也不奇怪，可实际反了过来，她有一种想要一直睡下去的感觉。可能，这是她的身体无意识地选择了"逃避"这条路吧。

千帆起床，换了衣服。因为她和三年级时的班主任——一位姓青木的老师约好下午见面。青木是个年过五十的老教师，但（或者说正因如此）对持有"高濑"之名的千帆特别以待。报考安槻大学二次招生的志愿书，以及相关的材料，想必他已经整理好了。

"——你为什么非要去那种乡下的三流大学啊？"青木兄悟以一脸不可思议的表情看着千帆，"如果想要去远一点的大学，也完全可以报更好一些的啊。为什么要这样？"

"没什么，"千帆想着还需要对方帮自己准备材料，自己也不能太过冷淡，于是敷衍说道，"我就是想去南方而已。"

"所以也不必拘泥于国家公立学校？"

"是的。"

"那不就行了，"他这番话，就好像千帆的选择损害了他的利益一般，"选个更好的学校吧。"

千帆听说，很多年前青木的长子考大学失败，而只能去上班的事。他声称因为经济原因，只允许儿子报考公立大学，也不允许儿子复读。可另一方面，青木本人却为了捧某个陪酒女郎的场，经常去俱乐部，点价格高昂的酒水。

"不过，我家里在那边有亲戚。"

千帆想到，应该不会和这个男人有太多交集，所以撒点谎也无所谓。

"你说的那里，是指安槻？"

"是的，是父亲比较在意的关系。"

"这样的话，"对方对"父亲"这个词产生了激烈的反应，不得不用咳嗽来解围，"那应该能让你家里人安心。"

千帆想起了松尾庸子的话。像这种胖乎乎的中年男人，在心里也藏着那种自恋情绪吗？他会因为那种自恋心，而对千帆，或者是对别的女性，产生憎恨心理吗？甚至就连被家计所迫，却还是沉迷于陪酒小姐的这种好色行为，实际上也是那种"憎恨"的一种表现吗？

之前青木看着她时，时常会表现出一种区别于性欲的"凶暴"神态，那不仅仅是对"不能出手的对象"（原因多种多样，一来千帆是他的学生，二来千帆家里有钱有势）的焦虑。当然，这个想法本身没错。

但是，如果这其中也混入了"由自恋而产生的，对一般女性的根源性嫉妒"，那么他在千帆心中，就不仅仅是个好色鬼，而是个不知道什么时候就会无差别袭击女性的"杀人魔"。

不仅仅是青木，千帆想道，恐怕世上的大人大多如此吧。他们从心底里憎恨着女性的存在，那种比自己"更加美丽"的存在。而这种憎恨是被压抑在深层意识之下的，所以通常不会表现出来，甚至连他们本人，也对此毫无自觉。

然而，没人知道，这种深层心理，会以什么为契机爆发。

就连跟踪狂也是如此。对于无视自己的女性紧紧跟随，被拒绝之后深感受伤，在极端的情况下，还会杀了对方。要问他们为什么会做出如此愚蠢的行为，这可不能用一句简单的"有精神病"来解释。也许就如松尾庸子所说，男人会有将美丽的女性据为己有的欲望，如果这种欲望得不到满足，他们甚至不惜杀人。这都是由那扭曲的自恋心所赐。

松尾庸子之前用了"危险"来形容千帆的美貌，恐怕事实也正是如此。如果离开故乡的话，不知道何时，她身边又会出现第二个、第三个"惟道晋"吧。她会时常暴露在男人的那种由自恋心引起的嫉妒和憎恨之下，极易被"攻击"，弄不好，还会招来杀身之祸。

再这样下去，自己也快精神错乱了吧……千帆突然缓过神来。她的想象正冲着极端的方向疾驰而去。如果继续这样思考，她恐怕会得出占了世界上半数人口的男性，通通都是"可能性杀人者"的结论吧。这次陷入"病态妄想"的，可正是千帆本人。然而，哪怕理解这一点，心里那种"如果和鞝吕木惠一起死掉就好了"的想法，却还是无法抹去。

（小惠……）

自己又是孤身一人了吧……现在，她又被寂寞包围，感觉身边充满了"恶意"与"敌意"。青木好像还在喋喋不休地说着什么，但千帆却心不在焉地离开了职员室。如果她能大哭一场，或许还会好受些。可现在，她却一点也哭不出来。

（小惠……）

这就是对她不肯相信对方的"惩罚"吧……千帆发不出声音，也无法改变表情，只能在心中恸哭着：我，又变成一个人了……已经不会再有一个人能像小惠那样，让我在她面前毫无防备了。好害怕。

好害怕。

没错，是害怕。她害怕这个世界。

然而，不管再怎么害怕，她也只能自己一个人和这个世界"对决"了。得不到别人的爱，也无法再去爱别人——

在遇到小惠之前，自己也一直是这样的吧？那么，在失去小惠之后，她也能够继续回到之前的状态——千帆一边这样说给自己听着，一边踩着自行车。

她抬头仰望天空，装着大学志愿书的资料信封，在自行车筐里沙沙作响。

她直接去了邮局，将准备好的材料寄到了安槻大学。

之后要做什么呢？此时千帆并不想直接回家。如果回到自己的房间，一定又会陷入睡眠。虽然刚才她并没有做梦，可如果自己再睡下去，难免又要做昨晚那样的噩梦。

那么，有没有自己现在能调查的事呢？她这么想着，便骑车前往女生宿舍的方向。

前天晚上，她下了出租车，之后跌跌撞撞来到了这个小山坡。千帆下车后，推着自行车，一边观察着周围的样子，一边走上山坡。

对了，说起来，之前她曾经产生过疑问，不确定这附近是否有能监视女生宿舍的地方。想到这一点，她停下脚步，把自行车停在路边。

她一边观察着周围的建筑物，一边慢慢走着。不光是清莲学园，女生宿舍也经常在一年里发生几次偷窃的事件。没想到，这次千帆自己倒像个偷窥狂一样四处调查起来，对此她也只能苦笑。

不过，认真说起来，真的有能从外面直接观察到女生宿舍内部的地方吗？千帆先从阳台方向眺望宿舍。

五层楼高的女子宿舍，阳台这边的窗子几乎都挂着窗帘。如果不挂窗帘，从这边望过去，室内的情况就能一览无余，所以这种措施也是必然的。也就是说，首先，从阳台这边进行"监视"是不可能的。当然，也有学生偶尔会打开窗帘，但是这对"监视者"来说实在是可遇不可求的时机，所以学生宿舍这边并不是好的监视场所。

得出了这个结论之后，千帆又来到宿舍的另一面。也许是因为平时已经看习惯了，她这才发现，这边有个自己平时并未注意到的房顶是三角形的天主教堂。它的层高约有三楼的程度，因为建在了比女生宿舍更高的山坡处，所以正好挡住了宿舍背面。

不过在这里，即使使用望远镜，也不太可能从外面透过窗子看到走廊上的情况。千帆一边这么想着，一边走到对面的广场，那是教会的临时停车处。

千帆徘徊起来。在这里，她发现一个可以隔着教会，从斜面角度观察到女生宿舍的地方。从那里只能看到一小部分宿舍，也就是只能看到二楼的二○一和二○二宿舍。但是，这个位置就在马路边上。可就算是晚上，站在这里"监视"也未免太过显眼。

千帆又来到远离马路一些的杂木林里。如果在这里"监视"的话，就不会引起别人的注意了。随后，她终于找到了无论是角度还是位置，都正好能看到女生宿舍走廊窗子的地方。

然而从距离上来说，在这里已经不能用肉眼来观察宿舍内部了。如果用望远镜呢？此时，千帆有些后悔自己没有带一只小望远镜了。她一边后悔，一边眯起眼睛，凝神观察着女生宿舍。如果使用望远镜，多半是可以从这里看到二○一号室的出入情况的。假设这个出入的人就是千帆吧，监视者先是从这里监视确认千帆离开宿舍，然后再偷偷溜进去。

可还有问题。就像她昨天想过的，不管是惟道还是别的什么人，都无法预测千帆到底会在什么时候出门。难道要每天夜里在这里监视，等待千帆出门吗？这样也不是不可能，可毕竟不太现实。

如果说是通过什么办法将千帆引诱出来，让小惠独处，倒是可以在特定的夜里在这里监视。不过在十八日晚上，千帆并不是被别人叫出宿舍的，而是单纯的凭自己的意志离开的。

还有一个问题。如果十八日晚上，凶手在这里监视二〇一号室的情况。就如同菓警官所说的，在那天晚上，先出门的是小惠，等她回来之后，千帆才出的门。

如果使用望远镜，就能在这个位置看到二〇一号室的人出入，在这个前提下思考的话，那么凶手当然目击到了小惠离开二〇一室的情况。如果凶手的目标是千帆，那么应该会在此时进入二〇一室。然而，如果凶手的目标是小惠，则会将潜入宿舍的计划延后，或者尾随在离开宿舍的小惠之后，在没人的场所袭击她。

然而现实情况并非如此。严格来说，千帆没有和小惠一起行动，所以并不知道她是否受到跟踪或者袭击。不过至少，她没有从小惠本人的口中听过类似的事。

那么……千帆想着，小惠离开宿舍的时候，凶手还没有开始监视吗？十八日夜里，小惠从宿舍离开是晚上九点。如果此时凶手还没有开始监视，那能说得通吗？

她想来想去，这才发现马路上有个人影正向这边走过来。对方穿着西装，应该是个男人。他拿着望远镜，一步步后退着，向女生宿舍的方向看着，似乎还没有注意到千帆。看起来就像个平时洁身自好的银行职员，突然一时兴起，开始了偷窥行为一般——

"警察先生。"

千帆喊道。

"咦？"

原来是之前她遇见过的那个戴银边眼镜的警察。对方吃惊地回头，因为没有马上想起这个叫自己的年轻女孩是谁，所以稍微犹豫了一下。

"啊，这位小姐——啊，不……"他突然意识到，自己的叫法似乎是在迎合权势人物一般，于是赶快换了称呼，"是高濑同学吧？"

"还真是巧啊。"

"……我说，你在这里做什么？"

"我想，大概，"她扬着下巴，示意了一下银边眼镜警察的望远镜，"我的目的，和警察先生一样。"

"咦？啊，啊，是这样啊。真是的。"

看起来，对方是故意用含糊的语言来敷衍自己。她发现对方正用眼镜后面的那双眼睛打量自己。这是单纯的职业习惯，还是在面对她时露出的"男人的品性"？

这个男人说到底也是……她突然意识到，自己又陷入了刚才她在青木兄悟面前那一番绝望的考察当中。她赶快回过神来。不能这样，不可以这样，这样下去就真的会变成被害妄想，会把世界上所有男人都当成杀人魔的。

反省之后，千帆少见地露出了温和的笑容。"你们还是在调查，凶手是否有可能监视过宿舍吧？"

"不……"银边眼镜的男人正想否认，却被她的笑容所迷惑，停下了口，脸也涨得通红，"啊，算是这么回事吧。"

"你去那边看看，"千帆指着刚才自己找到的地点说，"那里，用望远镜肯定能看到。"

银边眼镜的警察沉默了好一会儿，才在千帆的催促之下，横眼看了看千帆所指的地方，照她所说的走了过去。而后他拿起望远镜，站在树丛里，向女生宿舍的方向望去。

"怎么样？"

"……原来如此。"

对方含糊地回答道。千帆着急了起来。

"让我也看看。"

"咦？"

"拜托了。"

"啊……这个，"对于低头拜托的千帆，警察马上慌张地看着周围，"那……那只给你看一下。"

千帆接过望远镜看了起来。如她想象的一样，这样就能透过窗子，比较清楚地看到宿舍走廊的情况。因为晚上走廊里也开着灯，所以是可以确认从房间出入的人员的。

不过，还有问题。"从这里，真的能看清楚是谁走出房间吗？"

"这，我也不清楚了。"

杂木林的这块地面，比宿舍的地势低一些，所以正好可以抬头看到宿舍二楼，不过也正因为此，想要看清楚从房间出来的人的全貌，还是有些困难。

"对了，警察先生。"

"怎么了？"

"你能不能去宿舍里，在走廊走一趟试试？"

"咦，为什么是我？"

"正好去检验一下我刚才提出的问题啊。这不是正好吗？"

"这、这样啊，"对方稍微想了一下，"那么高濑同学你去那里走走吧，我在这里看着——"

84

"不行。"

"为什么？"

"鲸野是不会让我进宿舍的。因为我在这三年里，一直不遵守宿舍纪律而惹她讨厌。更何况在发生那起事件之后——"

"真是没办法啊，"眼镜警察刚走出去没多久，又突然回过头来，"那个……你可别跟别人说这件事啊。"

所谓的"这件事"，指的应该是他在搜查中碰到千帆，并对千帆的要求百依百顺吧。千帆点了点头，目送着对方穿过广场，走过马路，向女生宿舍走去。千帆则拿着望远镜继续等待。

过了好一会儿，二〇一号室前出现了一个人的头部，应该是眼镜警察吧。而后，他走向二〇一号室的方向，之后又走向二〇三号室的方向，一直到被教会所遮挡，然后从她的视线中消失。

果然……千帆叹了口气。在这里，虽然能看到有人从房间里出来，不过只能看到肩部以上，容貌十分模糊，无法看清，就连眼镜警察的眼镜都看不清。如果在晚上的灯光照明下，是根本不可能看清进出之人的身份的。以小惠和千帆为例，从远处看，二人的头发是一样的长度，根本看不清谁是谁。

不过，要监视二〇一房间的话，就只有这里了。其他位置要么看不到窗户，要么离宿舍太近，过于显眼。

"怎么样？"

眼镜警察回来之后，她如实地报告了刚才的想法。对方抱起胳膊"嗯"了一声。

"也就是说，外部的人员想在这里监视特定的学生，是相当困难的。除非对方随便杀掉二〇一室的任何一个学生都可以。"

这时，千帆的脑筋突然转了一下。随便杀掉任何一个学生都可以……也就是说，只要等到二〇一室只剩一个人就可以去袭击。不过，这真的可能吗？

有可能……她想。如果凶手真的是惟道的话，如果动机确实是松尾庸子之前提到的男人的自恋的话，那么不管是千帆本人，还是小惠，惟道杀掉其中任何一个，都能达到报复千帆的目的。

"你是指无差别杀人吗？"

"嗯。不过这样的话，还有必要特意闯进女生宿舍吗？只要在外面人迹罕至的地方，找一个刚放学的清莲学园的女生不就结了？"

"没错，是这样的。"

千帆回答道。

对她来说，现在还没有明确能够指证惟道的证据，所以也不能排除其他人行凶的可能性。而且，如果是无差别杀人的凶手，对方不必拘泥于杀掉二〇一号室的女生，所以也没有必要对女生宿舍进行监视了。

眼镜警察再一次走到树下，蹲在地上，环顾了一下四周，又站起身来。

"虽然还没有实证，不过如果有人在十八日晚上，在这里'监视'的话，应该会留下痕迹的。不过，现在看起来没有这种迹象。"

"也就是说，凶手在这里监视二〇一号室出入情况的假说，是不成立的了吧。"

"我是这么认为的。"

回到家后，千帆回到二楼自己的房间休息。和她想的一样，在不知不觉间，她又昏睡了过去，直到外面响起上楼的脚步声将她惊醒。

"千帆。"

是母亲的声音。

"……现在几点了？"

"已经七点了，有客人来见你。"

"客人？"

"一位叫鞆吕木的客人。"

千帆急忙跳了起来。原本要直接下楼，突然想起自己还没整理仪容。她急得连灯都忘了开，还埋怨起自己的头发为何如此难绑。

等她走到楼下起居室时，沙发上的一位女性站起身来。对方看起来五十岁上下，染着栗色的头发。她板着脸看了千帆好一会儿，这才缓过神来，慢慢地行了个礼。

"我是小惠的母亲。"

小惠的老家在市里，开车到这里连一个小时都不用。她之前也想过，对方的家人可能会前来拜访。可虽然有了心理准备，真到了这种时候，她还是不知该如何是好。

"我……要说什么好呢？"

她终于绞尽脑汁说出了一句话。鞆吕木夫人却用带着黑眼圈的双眼瞪了她一下，打断了她的话。

"突然上门拜访真是过意不去，不过我办完事马上就走。"

"小惠她……"

"我想先把话说在前面，"鞆吕木夫人的视线移至别处，"你不要来参加我女儿的葬礼。"

"这……"千帆想要问为什么，却说不出口。

"我也明白，我的要求很过分。不过——请不要在她死后，再继续侮辱她。"

侮辱……她在小惠的葬礼上出现，会被当成这种意义，这也是理所当然的。可是……她感到有什么东西压在她的头骨上，让她一阵眩晕。千帆终于点了点头。

"我明白了……"

"那就一言为定。"

"好吧。"

"说起来，"可能是看到千帆如此失落，觉得她有些可怜吧，鞆吕木夫人改换了语气，"高濑同学，你和小惠住在同一间宿舍对吧？"

"是的。"

"今天我来是想要问问，小惠有没有把什么东西交给你保管？"

"交给我保管？"

"比如说，像是小瓶子一类的东西？"

千帆想要保持平静。

但是失败了。

小惠的声音在她耳边响了起来。

（我要杀了那个男人。）

（杀了他……）

（然后再自杀。）

"看起来你知道些什么啊，"鞆吕木夫人没有放过千帆的动摇之态，乘胜追击，"这个东西在你这里吧，请还给我。"

"那恐怕……不行。"

"为什么？"

"我已经扔掉了。"

"扔掉了……"对方本来已经直起了腰，却失落地坐了回去，"……真的吗？"

"真的。就在前天。"

"是你扔的？为什么要这么做？"

"小惠……小惠看着那个，说要自杀。"

夫人的嘴唇虚弱地颤抖起来。"小惠她……为什么要那样说？"

"她说瓶里面是氰酸类的毒药。虽然我不相信，可她当时的样子很不寻常，我想也许她是动真格的，所以就抢过了小瓶——"

"然后扔掉了？"

"我扔掉之后回来，就发现她已经被杀了，就在我不在的那段时间。如果我不出门的话，或者——"

"你真的把它扔掉了？你扔到哪里了？是怎么扔的——"

"我说了，我其实并不相信那真的是毒药。我只是以防万一，就把它全部……倒进河里了。"

"河里？那，有鱼浮上来吗？"

"我不知道，当时很暗。到现在我也不确定，那到底是不是毒药。我一直在怀疑，那只是她为了唬我而撒的谎。不过既然您这么在意此事，那恐怕真的是——"

"是的，那应该是真正的毒药。"

"……应该是？"

"因为我也无法判断真伪。"

"究竟是怎么回事？为什么小惠会有那种东西？"

"这件事原本——"对方的声音断住了。与其说是犹豫，倒不如说是终于吐露心中这积压许久的秘密，有一种放松的感觉。"这原本是我的母亲从什么地方得来的。"

"……也就是，小惠的外婆吧？"

"虽然我不知道具体的来源，不过应该是之前我的妈妈有认识的人在镀金厂工作，所以通过这层关系得到的吧。"

"不过，就算她的外婆有这种东西，又是怎么到了小惠的手上呢？"

"是我妈给她的。"

"外婆到底为什么要这么做？"

"怎么说呢，那是像护身符一类的东西吧。如果碰上什么痛苦的事，只要吞下这个就可以去死了，所以能让她轻松地看待一切事物吧。"

"怎么会这样……"

"当然，她是想通过随时都能去死这个想法，去逆向激励她，让她产生活下去的勇气吧。我理解她的心情，可是……可是，不论如何，都不该把真正的毒药给她啊，万一真发生意外怎么办呢。说起来真是不好意思，我母亲做事太不过脑子了。"

"那是真正的毒药吗？"

"没错。前天——确切地说是昨天早上——我们接到了小惠的死讯。母亲听到这件事，就以为她不是被杀，而是自杀，因为毒药是她给小惠的，所以大闹了一番。我们也是这才知道，她给了小惠那么危险的东西……"

"也就是说，外婆瞒着所有人，给了小惠。不过，"千帆此时又想起了之前松尾庸子的一席话，"到底外婆是什么时候把毒药交给小惠的呢？"

"是她搬进宿舍时给的。因为我妈自己曾也住过宿舍，还被同室的同学欺负过。这也是她给小惠那个的理由之一。"

"搬进宿舍时……也就是说去年春天，入学的时候吧？"

千帆开始耳鸣。她想起了庸子所说的，惟道养的狗在连休时被毒杀的事。也就是说，那起事件是发生在去年四月，从时间上来说，两者的时间正好一致。

　　果然，是小惠下毒杀死了惟道的狗……不，等等，还不能轻易下结论。这世界上，拥有氰酸类毒药的人，又不止小惠一个。惟道的狗被毒杀也许只是个偶然，这也不是不可能吧。难道真的是偶然吗？

　　"刚才啊，"鞈吕木夫人眼都不眨地盯着千帆，揉了揉眼角，"我说我妈只是一时糊涂，但是因为受了小惠死去的打击，她是真的变得奇怪了。不管我们怎么说，她都认为小惠是被她给的毒药毒死的。无论我们怎么说明小惠是被人刺杀死的，她都听不进去了……"

　　因为说到了家里的丑事，鞈吕木夫人有些不好意思，表情有些扭曲，因为流泪的缘故，连妆都花了。

　　"小惠……是被什么人杀死的？"

　　"这一点，我也想知道……"

　　"——我必须要向你道歉。"

　　"……什么？"

　　"在来这里之前，我一直怀疑你就是凶手。是的，也许我现在也还在怀疑。如果你母亲听到这话，一定会想杀了我吧。"

　　"不……"

　　"不过，在小惠被杀的时候，你不在宿舍吧。现在想来，你既然知道那个小瓶子的事，那当时你应该的确不在宿舍里。我想要这样想。如果不是这样的话，我根本无法冷静地坐在这里。"

　　如果鞈吕木夫人失去理性，也许自己还能轻松一些。千帆这样想着。如果她在这里，掐住自己的脖子，或者——

　　"既然你已经把小瓶扔掉了，那我们就忘了这件事吧。我以前也想过向警方坦白，不过还是算了。你也不要把这件事说出去，我们

91

做个约定吧。"

当天晚上十点，千帆来到了南警察署。这是一座最近刚装修完的近代建筑，电梯前面贴着每一层的楼层索引，这让千帆感觉自己像是在逛百货公司。

刚才菓打电话说，因为现在很忙，所以没空去见她，不过如果千帆愿意屈尊来警察局的话则另当别论。虽然菓可能是在开玩笑，不过千帆还是马上穿起外套，骑着自行车赶了过去。

她来到指定楼层，说明了自己的来意，马上就见到了面熟的花白头发的菓，对方在西装外面还搭了一件外套。

"都这个时间了，你还来这里？"对方将千帆带到了用屏风隔着的简单接待间，收拾了一下沙发上的周刊杂志，"你不用特地大老远跑来我们这个破地方，有事的话，我们自然会去找你的。"

"与其让你找到我家，倒还不如来这里。啊，我没有别的意思，我不是讨厌警察来我家，只是我自己的问题。"

"我明白了，你是不想待在家里吧。"

"算是这样吧。"

"你好好跟家里人说明过吗？"

"当然，我已经在家里住了两天，已经没问题了。"

"你这个人还真是冷漠。不过现在的年轻人，好像都不愿意和家长亲近啊。对了，你来有什么事？"

"我现在还在嫌疑人的名单中吗？"

"不，"对方喝了口茶，从沙发上站了起来，"嗯。"

他注意到了屏风外面，有人正在窥视接待间的情况。他走过去，直接敲了一下对方的脑袋，原来正是那个看起来像是银行职员的眼镜警察。"别偷看了，直接过来吧。"

"好、好的。"

对方扶了扶眼镜，又理了理头发，手里拿着一碗还在冒热气的泡面。看起来他还没有向菓报告今天白天在女生宿舍附近碰到千帆的事。

菓从他手中接过泡面，马上吃了起来。

"——等一下，你站起来看看。"

"啊？"

"请、请你站起来一下。"

"这样吗？"

千帆如他所说的，从沙发上站了起来，正好可以俯视这位小个子警察。

"好了。继续刚才你的问题，你想知道，现在你是否还有嫌疑。答案是否定的。怎么看你都不是凶手——我们可以得出这个结论。"

"可是，为什么呢？"

"因为司法解剖的结果，"对方示意千帆坐下，自己也坐了下来，"就像之前所说的，被害者全身大概有十个被锐利的刃物所刺的伤口。我们可以从这些刺伤的角度来判断凶手的身高，大概就是像我这么高吧——所以，就是这样。"

"是说……凶手的身高？"

她之前完全没有想到过，这一点会成为解决事件的关键要素。此时她才对警察心生佩服，这种事情，果然还要专业人员来调查才对。

"凶手并不是身高像你这样的人，应该是长得更矮的人，你明白了吧？"

"小惠被刺了十几刀？"

"凶手相当残忍，似乎只是为了发泄，直接的死因是失血性休克。顺带一提，她被发现的时候，还有气。"

"什么？你是说她当时还活着？"

"喂，菓哥，等一下，"眼镜警察急忙插话道，"连这都告诉她，真的没问题吗？"

"什么叫连这都告诉她啊？"

"我、我是说，不用连这种事都告诉她吧。我说——"

"你在说什么呢？你忘了本部长的关系吗？"

"这、这可是两码事啊。到底是怎么回事啊？你的态度和之前可是完全不一样了——"

"态度不一样了吗？那当然，我之前就说过了，我这个人就是这样，碰上弱者就态度蛮横，碰上权势者就卑躬屈膝。"

听着菓用一本正经的语气说出这样的话，千帆不禁笑了出来。从这番话中，其实可以听得出来，他内心的反权力意志是非常强的。

"骗人的吧。"

"什么骗人？"

"你只是在耍脾气吧，菓哥。简直像个小孩子一样。"

"耍脾气吗？别闹了，这可是大人的证明，你也来好好看看我的手腕。对了，"他的视线从同事身上回来千帆这里，"刚才我们说到哪里了？"

"小惠被发现的时候，还有气。"

"对对，于是发现她的学生就问被害者，她是被谁刺伤的。"

"那小惠是怎么回答的？"

"她想要回答，但似乎是已经不能说话的状态了。"

"……这样啊。"

"不过，发现她的学生，问了她是不是高濑同学刺的。这个理由，我不说你也能明白吧？"

"嗯，当时我和小惠的关系已经闹得很僵，不管是在学校还是宿舍，大家都知道。"

"就是这样。不过鞆吕木惠听了之后，拼了命地摇头。当然我们也不知道这个否定是真是假。我们当然有所怀疑，被害者可能是不想让恋人被捕。"

"发现的学生，多半也是这么想的吧。"

"很遗憾，从她的口气来看确实如此。不过你也不用责怪她，毕竟当时现场一片血海，碰到那样的场面，还能问奄奄一息的被害者凶手是谁，这已经够坚强了。不过从最近年轻人的行为来看，这倒也不一定是坚强，只不过是缺根神经而已。当然，这只是从一般情况推测的。"

"很有可能。"

"不过，刺中伤口角度的决定性证据一出现，对你的怀疑就被洗清了。而鞆吕木惠最后的证言也有了可信度，就是这么回事。"

"等一下，我有问题。"

"什么？"

"有没有可能，凶手在故意掩饰自己的身高？"

"故意掩饰？"

"比如，他不是用普通的姿势来刺的，而是屈着膝盖故意窝着身体一类的。"

"这是不可能的。"

"为什么？"

"凶手不可能还有余力做那种事。他当时被发觉到异常的学生目击到了逃走时的样子，在这种情况下，哪怕他想要进行伪装，也不可能用那么不自然的姿势去刺被害人了。至少也不可能刺出那样深的伤口。"

"也就是说，可以断定凶手的身高和警察先生您差不多？"

"就是这样。当然，我话先说在前头，我可不是凶手。现在好像有推理小说会把负责调查的警察写成是凶手，虽然读起来挺有趣的，不过推到自己身上，还是感觉怪吓人的。"

"阳台的玻璃被打碎了吧？"

"啊，是的。"

"是被铜制的花瓶投上去打碎的——看起来是这样吧。"

"多半是的。"

"那个，会不会是小惠投出去，向人求助的？"

"从现场的情况看，有这个可能。"

"另外发现小惠的，和目击凶手逃走的，会不会也是同一个学生？"

"何以见得？"

"被凶手袭击的小惠，当时发出了求助的悲鸣。但是不知道是想发声却发不出来，又或者是其他学生并没有听到，所以小惠为了引起别人的注意，向玻璃窗子投去了那个花瓶求救。"

"你就好像亲眼见到了一样。"

"旁边二〇二号室的学生马上注意到了这一点——这个人不是柚月步美，就是能马小百合。"

"哈哈，看来，你都已经知道到底是哪一个了啊？"

"是柚月步美。"

"然后呢？"

"柚月马上离开了二〇二号室。此时，她正好目击了从二〇一号室出来的凶手跑掉时的样子。"

"你为什么得出这个结论呢？"

"如果凶手走楼梯下楼的话会很危险。因为一楼的'读书室'里还有学生，她们那时应该已经听到了响声。如果这么贸然下去，说不定正好和她们撞个正着。刚才你也说了，小惠清楚地看到了凶手的脸，至少可以确定凶手不是我。所以说，凶手是没有蒙着脸的，那一旦撞到了一楼的学生，就会被目击到自己的相貌。这样的话，他就只能从走廊的窗户跳下去了。因为是在二楼，只要小心一点，是不会受伤且可以顺利逃走的。"

"原来如此，然后呢？"

"然后，柚月来到二〇一号室，发现小惠被刺——就是这么回事吧？"

"的确，我无法否认。"

"菓哥啊，"眼镜警察伸展了一下身体，将泡面放到桌上，"这样真的没问题吗？"

"你在说什么呢？我只说了我不否定，可也没肯定任何事。"

"你这样，和直接告诉她又有什么区别呢？"

"我告诉她什么了啊？明明都是她自说自话，我只是没有特地加以否定罢了。我可没说过，柚月就是发现者。"

"哎呀真是的，我可搞不懂了。"

"毕竟是上头的意思啊。"

"上头可没说要给这位小姐这么多方便啊——"

什么啊，从眼镜警察的话来看，指望父亲完全是个错误，但是千帆却不觉得失望。因为菓肯给她透露这些信息，并不是因为父亲的威严。这让她有些高兴。

"柚月同学——不，目击了凶手逃走姿态的学生，是否还记得凶手的特征？"

"确实有一些。"

"能告诉我吗？"

"分不清是男是女。不过从后面看起来，身材并不高，至少长得没有你这么高。这和伤口呈现的状态是吻合的。"

"那服装呢？"

"这就是问题所在……"

菓含糊其辞地回答。千帆等着他后面的话，却发现对方并不想告诉她太多。

这也是没办法的事。他已经告诉千帆不少信息了，太勉强的话，反而会不好。于是她放弃这一点，改问别的："说起来，凶手是怎么进入宿舍的呢？"

"因为后门锁着，所以只能认为凶手是从正门进来的。"

"那么凶手就是有钥匙的人了？"

"这么想也是理所当然。"

"但是哪怕凶手有钥匙，也不是宿舍里的学生吧？"

"为什么这么说？"

"调查一下就知道了。因为你们在询问学生的时候，这边的警察先生看了学生名单之后说，我是最后一个。这也就是说，当时学生都被集中在了那里，而凶手在事件之后从宿舍逃走了。他身上沾到了小惠的血，不可能这么大大方方地出现，而是在附近准备了逃跑用的车子。所以，凶手当时从宿舍逃走了，也就不可能在马上赶到的警察之前再回到宿舍。所以，如果我不是凶手，那么其他学生也不可能是凶手。"

"怎么说呢。凶手有没有可能在警察到达之前先从二楼跳下去，然后悄悄地回到宿舍。"

"可是要怎么做呢？后门可是上了锁的。"

"绕到宿舍前，从正面堂堂正正地进去不行吗？"

"那样，鲸野一定会注意到的。哪怕鲸野不在，那时宿舍已经开始乱了，如果有人从正门进入，一定会有人记得的。"

"话也不能说得这么绝对。毕竟当时现场的情况很混乱，如果是平时熟悉的人从正门走进来，学生也不会觉得不对劲，也许就此忘了也说不定。这种可能性也要充分考虑。"

"可是……"

还想说些什么的千帆，被菓举手打断了。"——让我们回到刚才的问题上吧。"

"刚才的问题？"

"关于凶手的服装。目击者只是在一瞬间看到了凶手逃走时的样子，所以无法断言凶手的外貌。不过她说，好像是上下一套的运动服。"

"运动服？"

"很像是清莲学园的女生上体育课穿的那种。"

"那么……"

"你明白了吧。虽然穿着运动服，不过并不一定是宿舍的学生，也没准是住自己家的学生。不过在女生宿舍，因为替换衣服不够，平时穿着运动服的女生也不少。"

"仔细想想，其实不只是住在自己家的学生和宿舍里的学生。"

"什么意思？"

"外面的人，偷偷地用什么手段，拿到了学校的运动服也说不定。这样穿着，偷溜进宿舍就不会很显眼了，哪怕被人目击到，也可以混过去。"

"嗯，原来如此。"

菓站起身来，走到屏风的另一侧消失了。他回来时，手里拿着一个大信封。他从里面取出了一张照片，交到了千帆手上。

只见上面用记号笔胡乱写着什么，看起来是笔记本的扉页。

"这是什么？"

"刚才我说了，虽然鞁吕木惠被发现时还有气息，不过已经不能说话了，所以发现的学生就问凶手是不是同屋的你。鞁吕木惠拼命摇头否认，并且拿过旁边的笔记本，在上面写了这个。"

上面的内容是——

"坡道下邮筒"。

——看起来是这样。

"怎么样？"

"坡道下的邮筒……是这个意思吧。"

"没错，虽然字写得很乱，不过应该是这个意思。那么，你认为，这到底是指什么呢？"

"是指什么……"这是小惠在临死前留下的遗言。当然——"是凶手的名字，或者是对凶手身份的表露。因为她被问是否是被我所刺时拼命否认，所以才会写下凶手的信息吧？这么说来，她就是想通过这张纸来传达凶手的信息了。"

"没错。可是坡道下的邮筒，会是凶手的名字吗？"

"这我也无法断定了。"

"最直观的解释会是如何呢？总之，这应该不是直接指凶手的姓名，而是关于凶手的一些信息。你的第一联想是什么？"

"所谓的坡道下，应该指的是女生宿舍的那个下坡吧——"千帆突然想到，"说起来，沿着那个坡道下面走一会儿，确实有一个邮筒。"

"是吧，我们也是这么认为的。的确有一个邮筒，是个看上去并无任何奇怪之处的邮筒。"

"这么说来……难道凶手，是邮递员？"

"这就不好说了。不过这样的话，为什么要说下坡呢？要想说是和邮局有关系的人，只要写下邮筒、邮寄一类的词不就可以了。再说，如果鞘吕木惠认识这个刺杀自己的人，为什么她不直接写下对方的姓名呢？"

"这……她应该是不知道对方的名字吧？"

"还是说，虽然她知道，却有不能明说的理由？"

"会不会是在下坡路的邮筒上，还留下了其他信息？"

"我们也是这么想的，所以从上到下都仔细调查了一遍，可是没有发现任何异常。只不过——"

"只不过？"

"那个邮筒，是由支柱架起一个方形箱子的模样。我们发现箱底黏着一卷胶带。"

"胶带？"

"是很普通的那种，稍微有点宽，大概有五厘米那么长吧，就黏在箱底，晃晃悠悠的。"

"这又意味着什么？"

"你认识邮筒前的那户人家吗？"

"咦——我想想，那好像是一家相当古旧的建筑。"

"是一个老太太独自居住。十八日晚上，她在关窗户的时候，看到了蹲在邮筒前的人影。"

"人影？"

"老人以为是出现了临时身体不适的人，马上打开了玄关的门。她看到一个年轻女孩一脸惊讶，还不等老人问话，就匆匆离去——"

"是向宿舍方向走的吗？"

"不，据说是反方向。顺带一提，那是晚上九点多一点的时候。"

"看起来，应该是鞆吕木惠吧。"

"什么？"

"我们给她看了鞆吕木惠的照片。老人说，就是这女孩没错，因为对方经常从她家门口路过，所以不会认错。话先说在前面，虽然老人年事已高，可还没有老糊涂，所以我们认为她的证言是充分可信的。"

"那又如何呢？"

"在此之前，你也已经说过吧，在十八日晚上，你十点半从宿舍离开。而在那之前十分钟，鞆吕木惠刚从外面回来。也就是说，从这个老人的证言判断，鞆吕木惠从宿舍出去，是在晚上九点时。这一点没错吧。"

"没错，"千帆在这里老实地回答，"不过，刚才你说的胶带，是小惠贴的吗？"

"这就不知道了。比起这个，还有更重要的问题。鞆吕木惠在那一晚究竟去了哪里？"

"这……"

"这是什么意思呢？首先我们来看看你去了哪里吧。你在自动贩售机里买了罐装啤酒，然后一边喝，一边晃晃悠悠地在马路边走。你可别拿这一套唬人了。我话先说在前头，那一带可没什么卖酒的自动贩售机，我们已经好好调查过了。因为从教育方面考虑，那一带是禁止设置那种自动贩售机的。如果你真的在自动贩售机上买了啤酒，那你一定跑到了很远的地方。也就是说，不是能徒步一两个小时来回的地方。"

对啊，是不是该和菓把一切说明白了——千帆有些焦虑。但是，刚才和小惠母亲的约定，又让她无论如何也开不了口。

"哼，"也不知道菓是不是看透了千帆的思想斗争，他不高兴地说，"本来还以为你特地跑来警察局一趟，是给我们带了什么有价值的证言作礼物呢。"

"那个——"千帆打算提供另一份礼物混淆视听，"之前学校里有个传言，说是惟道老师曾经偷偷配过女生宿舍的钥匙。你们知道吗？"

"……什么？"看起来对方并不知道。之前像是昏昏欲睡的菓，突然张大了双眼。"你说的惟道，是指那个和鞆吕木惠有暧昧关系的男人吗？"

"果然，看来你们调查过了。"

"惟道晋是怎么拿到宿舍钥匙的？"

"寒假他在宿舍值班时——"

千帆将她偷听惟道和香澄谈话的事隐去，然后说明了其他部分。

"嗯——"菓抱起胳膊，"也就是说，不管这件事是否与本案有关，都不能置之不理。"

"我想，这件事要查起来并不难。"

"哦？要怎么查呢？"

"只要调查一下惟道老师在宿舍值班的日期就可以了，然后再看看那个日期前后，配钥匙的店里有没有他去配钥匙的记录，很简单就能确认。"

"看来你的脑子转得很快啊，"菓佩服地说道，"明明长得这么漂
亮——"

"长得如何，和是否聪明又有什么关系呢？"

千帆反驳道。对于别人对她容貌的夸奖，她总是抱着一种复杂
的情绪。理由很单纯，因为她的脸上，有她父亲的影子。就像松尾
庸子所说的，如果是同性称赞自己还能忍耐，如果是被男性称赞，
则会让她产生嫌恶感。

"没有啦。只不过长得漂亮，头脑又聪明，真是占便宜啊。"

"你这是哪个年代的思想——"

突然传来一阵脚步声，似乎是恰好要打断千帆的话。

"菓哥。"

年轻的刑警看了一眼千帆，马上住了嘴。

他是来通知菓，清莲学园的女生宿舍发生了第二起杀人事件的。

ACT 3

对于千帆来说，从二月十八日到三月二十日这一个多月的时间，简直就如同噩梦一般。

二月二十日晚上十点半，清莲学园的女生宿舍里发生了能马小百合被害的案件。发现者是隔壁二〇三宿舍一个叫仲田的学生，她听到二〇二号室发出了剧烈的声响，于是便过去查看。只见宿舍的大门半开着，能马小百合倒在室内。而当时，能马小百合的室友柚月步美却不见踪迹。

小百合当时腹部被刺，身上的血迹染透了外套。她的身上有十几处伤口，现场如同一片血之海洋。而她被发现时还活着。

被惨剧吓到的发现者马上跑到走廊上，大声求助。宿舍管理员鲸野和其他学生都飞奔而来，一边向警察通报，一边叫来了救护车。

也不知道是不是单纯的偶然，和鞆吕木惠一样，能马小百合也在救护车到达之前就气绝身亡。当时，她对鲸野和其他学生留下了一句意味深长的话。

"是我……不认识的人……"

当大家问她凶手是谁时，小百合呻吟着说出了这样的回答。

千帆得到这些和能马小百合被害案相关的资料，是在事件发生一个月之后，也就是三月十五日。

二月二十日，能马小百合被害后，千帆被父亲强行送到了安槻。能去报考远离是非之地的大学，对父亲来说可是求之不得，所以就干脆把女儿送过去专心备考。

二月二十一日，被强送上飞机的千帆在安槻住下来，一直待到三月，为考试做准备。而在考试结束后，她又为了等考试成绩被父亲命令在酒店住到三月八日，最后顺利考入了文学系。

千帆虽然挂念事件发展而想早日回到家乡，父亲却不允许她这么做。因此，父亲要求她在安槻定下租住的房子，为将来的生活做准备。同时为了帮忙——其实主要目的还是监视，还专门将女秘书送到了安槻。

父亲的秘书名叫在竹智惠子，她陪千帆一起跑了好几家房产中介找房子。因为被父亲下了严格的命令，所以不管是挑房间还是挑家具，她都不顾忍耐力已经到达极限的千帆的意思而刻意慢慢挑选。

智惠子今年三十出头，还很年轻，和父亲大概像是父女一般的年龄差。哪怕在千帆看来，她也是个充满知性魅力的美女。事实上，听说她在日本最好的大学读过研究生。这么聪明的女性，为什么会和父亲这样的男人产生这么深的关系呢。这一点，千帆无论如何也无法理解。

对于男人来说，只是迷恋年轻女人的肉体，这一点她倒是理解。毕竟父亲也只是个普通人，对于身边的年轻女性出手也是想当然的。可是，像智惠子这样聪明又有能力的女性，却出于自己的意志，和父亲这样的已婚男人恋爱，千帆感到十分不可思议。当然，这种感觉并不是悲伤，或者心烦、癫狂，而只是不可思议。她甚至一度怀疑，父亲是否利用职务之便，要挟对方就范。

而因为这件事，千帆对于智惠子的感情也颇为复杂。一方面对她有些同情，另一方面，对方是从母亲身边夺走父亲的人，这一点又让她反感。所以她也很苦恼，到底该如何与对方相处。因此，她总是选择无视她。也不知道智惠子是否知道她的心思，对方倒是相反，对她就像多年的亲密朋友一般。

　　"——对了，你知道吗？我也是清莲学园毕业的。"

　　所以呢？千帆歪过头，对方是想用前辈的姿态教育她吗？她正这么想着，对方却说出了意外之言。

　　"那里有个叫谷本香澄的英语老师吧？我啊，和她是同一级的。当时我们关系不错，到现在还会互相寄贺年卡片。她现在怎么样？对了，之前我还收到了她的结婚邀请函呢。你知道她要结婚的事吗？啊，对了，我之前一直以为她是单身，所以真是吃了一惊。不知不觉中，就有一种被她超过领先的感觉，还真是的。"

　　对方是觉得说起这种话题，能够增加一些彼此的亲密感吗？可是为什么要故作亲密呢？难道是智惠子发现了千帆和父亲的关系不好吗？不过她马上就知道，事实并非如此。

　　智惠子在安槻和千帆住在同一家酒店。不过傍晚的时候她心情不错，喝了不少酒，甚至还劝千帆也一起喝，不知道这是想收买情人的女儿，还是单纯对谁都是这样。

　　在酒店的酒吧里，智惠子和往常一样，点了苏格兰威士忌。"小千帆，你不喝一点吗？"

　　千帆完全没料到对方会用这么亲密的方式称呼自己，结果后来，情况便演变为每天晚上都会陪她喝酒。

　　而这一天晚上，智惠子喝得大醉。千帆不得不扶她回到她的房间。

　　"你呀，到底算什么啊？"

已经进入半昏睡状态的智惠子，整个人歪倒在床上，对着千帆说道。此时她抛弃了平时讨好的样子，眼神非常凌厉。

"只不过是长得好看一点儿……只不过是年轻点儿，就把别人当傻子。明明还是个孩子嘛。像你这样——像你这样的人，根本就不懂大人的事。"

比起平时她温和的声音，千帆倒觉得她现在更有趣一些。所以千帆开始挑逗起她来。

"所谓大人的事，是指什么？"

"这你还不知道，不就是男女之事嘛。就是男人，和女人……你啊，应该还没有这方面的经验吧，没有吧？因为你喜欢女人嘛。我真是搞不懂你。"

"这样啊。你觉得喜欢女人这件事，比乱搞有家室的男人还糟糕？"

"真是的，你果然还是个小孩子。这种蠢话啊，还是等你和男人好过之后再说。"

"我爸爸到底好在哪里？"对于千帆来说，这可是个质朴的疑问，"那种有老婆的大叔，你到底看上他哪里了？"

"哪里啊？哈哈，果然是个孩子，你可完全不明白老师的魅力，真是个孩子。男人的魅力啊，用语言是没办法说明的。"

"哪怕对方有妻子，你也不在乎？"

"妻子？妻子啊……"不知道为什么，对方好像完全没料到她会问这个，"有没有老婆，有什么关系啊？"

"嗯——你觉得没有关系？"

"当然没有啦。你啊，果然什么都不懂。夫妻关系，可不是男人和女人的关系哦。"

"咦？不是男人和女人的关系？那是什么？"

"只是同居者而已。小千帆啊，你觉得男人为什么好色？"

"为什么好色？这还有什么好问的，因为他们是男人嘛。"

"笨蛋！根本不是那样，因为男人啊，是在追求浪漫。"

因为智惠子醉得不轻，所以说话含含糊糊，浪漫这一词，千帆一开始差点儿听成了烂漫。"浪漫是什么意思？"

"对于男人来说啊，做爱就是那种日常不会有的让他们心跳加速的事。如果不是这样的话，他们根本硬不起来。你也不是小孩子了，应该能明白吧？"

一会儿嘲笑她是孩子，一会儿又说她不是小孩子了，这口还改得真快。智惠子的身体晃晃悠悠，眼都闭上了，却还是喋喋不休地说着。

"这个世界上，根本没有不想出轨的男人。小千帆，男人是一定会出轨的哦。为什么呢？因为一旦结了婚，妻子就不再是'女人'了，对于男人来说，'女人'必须是浪漫的，非日常的。但妻子却是他们无聊日常生活的一部分，所以已经不是他们想要做爱的对象了。因此，男人才会想要出轨，就连结了婚的也是一样。"

智惠子睁开眼睛，用白眼看了看千帆。

"我话先说在前面，你们母女应该感谢我，而不是恨我。对吧？你的母亲，背负了他的日常生活，但是却负责不了他的非日常需求。所以啊，我弥补了你母亲做不了的事情。对吧？不是吗？我说得不对吗？不可能吧？你啊，真是的，也附和我一下嘛。"

"也就是说，你和父亲的关系，也是工作的一部分了？"

"工作？算是吧，可能就是工作的一部分。"

"如果是工作的话，那么，哪怕和不喜欢的人做，也无所谓？"

智惠子下意识地拍了拍千帆的脸。她毫无预警地挥手，接下来似乎又忘了自己刚才的行为。这就是醉酒的反应。

"和不喜欢的人也可以吧。你这孩子，怎么这么大口气？"

"不是吗？"

"所以说啊，你还是个孩子。"

"那为了让孩子也弄明白，你就说个清楚啊。"

"你真是好啊，不管做什么都能轻轻松松，悠然自得。因为那个人……是真的爱你啊。"

"没有人会真正爱我的。"

"你又说这种话。"

智惠子向千帆扔来一个枕头，从而失去平衡，倒在了床上，而同样坐在床上的千帆的身体，也随着冲击摇晃了起来。

"我就是讨厌你这副自信满满的样子。你这样真有福气啊，有自信，是被人爱着的。当然，那是因为你很漂亮，像我这样……如果我能有你那么漂亮就好了。"

"在竹小姐，你也很漂亮啊，而且还很有魅力。所以他才会和你保持关系吧。"

"哼，那家伙，"智惠子趴在床上，像是个耍赖的幼儿园小孩，挥动着双手双脚，"那个男人，对我只是生理上的需求，只是因为男人的生理和惰性，所以才会和我在一起。可恶。"

"怎么突然说出这么没自信的话了。"

"那个人啊……那个人，只会想着你的事。真的，他只会考虑你的事。虽然表面上看不出来，可他就是那样，一天二十四小时，不管做什么，都会想着你……"

"在竹小姐，"这一席话让千帆不知如何作答，"你还是早点儿睡吧。"

"我啊……我好想变成你，如果我是你的话，那样……那样的话，那个人就会只看着我了，他就不会再想着别人了。为什么？为什么我不是你？为什么我们俩不能换换？"

"我知道了，我知道了，你快点儿睡吧，再不休息的话，你明天早上起来一定会后悔的。"

"后悔……我已经后悔了，我已经后悔和那个人相遇了，让我这么痛苦……我好羡慕你，好羡慕你。"

"你啊，怎么说呢……就别回去了吧，你就在安槻这个地方待到老死吧。你不要再次出现在那个人面前了。不要再出现了，那样，他就是我的了，他就会只属于我了。好吗？像你这么漂亮的人，随时都能找到替代品，应该不会想要独占他吧？就让那个人，成为我的东西……只有我们俩。"

千帆吃了一惊。她本来以为，作为情人，在竹只会嫉妒男人的正室妻子，可没想到智惠子却嫉妒着男人的女儿千帆。也不知道这是不是因为酒精的作用，让她搞混了人际关系。

对千帆来说，能够不要再出现在父亲面前，简直是求之不得的事情。可现实没有这么简单。当然，理论上也不会有人把醉话当真。

第二天早上，智惠子一脸昨晚喝高了的样子，在早餐时出现在千帆面前，她似乎还多少残留着一些昨晚的记忆，却没有道歉，而是努力回归到之前那副亲切待人的样子。千帆也假装什么都没发生地配合着她。

智惠子喝到烂醉的状态，只有那么一夜。之后每天晚上，她都喝得不多。就这样过了几天。尽管父亲想让千帆在这里待到大学开学，千帆却因为逆反心理，终于在三月十四日回到了老家。

第二天，三月十五日。千帆来到了学校。表面上她是去把一些必要的资料，还有决定去安槻大学就读的事告诉班主任青木，不过她真正的目的是收集信息。千帆此时对于第二起事件，仅仅知道受害人是能马小百合。

千帆本来以为，以青木的性格，只要自己起个头，他一定会滔滔不绝起来，没想到对方却正好不在，问坐他隔壁的老师，对方回答道：

"不知道他去哪里了。今天早上，他好像给教务处打电话来着，似乎是因为什么事故耽搁了。"

"事故？"

"好像是车子出了什么问题？总之是上班要迟到的样子。现在还没来呢。"

听对方的意思，看来他今天是不会来学校了。青木只教三年级的学生，而且还经常让别的老师代课，看起他应该是经常不来上班。而且三天后的十八日就是学校的结业式，为了准备此事，现在全校都停了课，所以哪怕今天缺勤也没什么关系。

"高濑同学，我听说啊，"此时，眼尖的谷本香澄发现了千帆，毫无顾忌地靠了过来，"你真的要去读安槻大学？"

"是的，真不好意思，我推掉了之前的推荐，给老师们添麻烦了。"

"那也没办法啦。虽然开了这个先例不好，不过毕竟你的情况特殊，再加上你爸爸那边，对吧。"对方用微妙的语言试探着自己，千帆对此报以苦笑，"不过对于你来说，应该是去哪里读书都无所谓吧。想要忘记这件事，躲得越远越好才是最重要的。"

"嗯，的确如此。"

惟道插嘴说道。也不知道他是何时凑过来的，就突然若无其事

112

地加入了千帆和香澄的对话。

千帆感到一阵反胃，可如果自己表现不自然，让香澄起疑就麻烦了。首先，千帆对真澄总觉得有些抱歉。虽然她并不喜欢自己，不过在现在这种糟糕的情况下，她还能主动和自己若无其事地搭话，让千帆觉得对方人不错。虽然不是什么上流女性，不过从某种意义上来说，也是个不错的成熟女性。

可是这样的女人，怎么会和惟道这样的男人结婚呢。千帆搞不懂这一点。都说恋爱的本质就是让人失去正常的判断力，在竹智惠子和香澄都是如此。两人既漂亮、聪明，又有能力，却都被这种糟糕的男性所吸引，千帆会这么想也是理所当然。

香澄并没有在意惟道的突然插话，而千帆则再次觉得，之前自己对惟道显露出来的那种"卖乖"本领的认识是何等正确。

"要是高濑同学去安槻了，我可是会很寂寞的啊。"

对于知情者而言，这完全就是意料之外的发言，对方当着未婚妻的面，居然说着这种话来，却又不会让人觉得不自然。千帆第一次对惟道有了一点佩服之心。惟道是个善于明哲保身的男人，之前他和不少女生都传过绯闻（先不说真伪），想来并不是他"隐藏"得太好，而是因为学生们太无防备之心了。又或者还有些喜欢惟道的女生，自己捏造出了这样的绯闻也说不定。

没准，事实就是这样——千帆突然想到这一点。说不定惟道这个男人的实际生活，意外的"清廉洁白"呢。之所以总有他好色的传言，都是因为那些憧憬他的女生，还有嫉妒他的男生，不停地捏造"谣言"而已。

恐怕惟道与他的形象相反，并未真的对学生出过手吧。千帆这样想着。对于在清莲就任的男教师，如果被发现和女生发生关系，不必走到裁判法庭那一步，就会先受到免职处分，这一点她以前就听说过。在这样的风险下，即使学生的诱惑再大，惟道也不会这么轻易下手吧。

然而，惟道担心的并非是失去工作这件事本身，而是害怕如果随便玩火，则会失去得到真正"目标"的机会。这个目标，也正是千帆。

惟道真正的目标就是千帆。绝对不能在这个男人面前露出任何破绽。如果稍一大意，恐怕连自己怎么死都不知道呢……千帆的自我防卫本能常常向她发出这样的信号。

如果没有偷东西的事，她这种过盛的警戒心，会让她自己也觉得"自恋"过头而失笑吧。可更重要的是，如果不是那样的话，千帆到现在也不会知道惟道对她抱有异常的执着。

前年的九月，当时正是夏天最热的时候。惟道跟着正好放学的千帆往回走，不知道是不是偶然。至少，一切就是从那时开始的。也许起初，他并不打算尾随千帆，现在看来，惟道应该不会做那么不小心的事情。他应该是个谨慎的男人。

那一天，千帆并没有直接回宿舍，而是去了市里的商业区。惟道自己好像也有什么事，而和她走了同一条路，感觉像是正好跟在她后面。而当他一直跟随着千帆的背影时，虽然本意并非如此，却好像着了"魔"——这一切的开端，就始于此吧。

又或者一切的开端，说不定是千帆来到贵金属店买戒指的那天。那时她正准备送给鞆吕木惠那枚戒指，而惟道正好目击到了她去礼品店包装戒指的一幕。

当然，这一切只是她的想象，可是这样一想就能够理解，为什么从那一天起，惟道会毫无顾忌地对千帆露出那样的"执迷"。千帆竟然有可以赠送戒指的对象……这一点煽起了惟道强烈的嫉妒心（在那之后，他又发现，千帆的对象并非男性，而是同为女生的鞍吕木惠，那对他又多了一重打击。）。

千帆也发现了，在学校里，惟道总是跟着自己，注视着自己。一开始她还以为是自己的错觉，或者是两人正巧同路。因为当时她并不知道对方的那份"执迷"，他本人在这个阶段也没有这种"自觉"，所以没有散发出那种异样的"气息"吧。

对了，现在回想起来，她感受到那股危险的"气息"，确实是从为小惠买完戒指，从贵金属店出来后的事。她感到自己被惟道视线中强烈的黏着力侵袭着，她数次想要甩掉对方，这才无意间走进了佳苗书店。

当千帆被女店员怀疑偷窃时，惟道跑了进来。这种情况下，只要他行个方便，就能在与千帆的相处中处于"优势地位"，实现将千帆据为己有的目标。那天千帆之所以保持沉默，不仅因为她是被冤枉的，更因为她害怕如果不小心说了什么，会被惟道抓住把柄。

后来，惟道想尽办法想要打开千帆的那层"保护壳"，好看看她平时不会露出的那一面。很明显，惟道对自己抱有异常的执着……当时的千帆第一次这样确信。

然而惟道自那天以后，完美地戴上了一层"假面具"。没有任何人注意到他内心的"黑暗面"。哪怕是当着未婚妻的面，对千帆说着暧昧之语时，也是这样。

弄不好，那一场她被冤枉偷书的大戏，也是由惟道"导演"的——千帆这样怀疑。然而，当时在书店里，惟道并没有机会接近她，具体是怎么栽赃到她身上的，还不得而知。

然而，千帆终于得出了结论。这个结论非常简单，但是为什么自己至今才发觉，也让她感到不可思议。那就是，如果惟道有"共犯"

的话，一切就都能解释了。这样的话，这两起女生被害案件和她在书店被冤枉，这两件看起来毫不相干的事之间就有了重要的联系。

千帆打算先尽量收集一些情报。"说起来，宿舍那边发生的事件，现在怎么样了？"

"那个啊，真是可惜……"香澄看了一眼惟道说，"好像现在还没有什么进展。我们完全没有听说凶手落网什么的。"

"对了，小惠和能马小百合的葬礼——"

"我去了。"惟道是两名受害人的班主任，去参加也是理所当然，"别说了，太惨了。"

"女生宿舍那边，现在是什么情况？"

"基本上是半封锁的状态，"香澄回答道，"总之不管是正门，还是其他各个房间，都替换了新的钥匙。另外宿舍也没有再配备用钥匙，而是采用登记制度了。"

"十八日，鞆吕木同学被害时，就应该这么做了，当时家长们已经抗议过了，"惟道一边点头一边说道，"当然，学校这边的领导也曾经讨论过，要不要为安全起见把钥匙替换掉。但是谁都没有想到，隔天就发生了同样的事件啊。"

"不过，能马同学的父母完全不能接受这一点。虽然现在也无法证明凶手是配了钥匙进入宿舍行凶的，但是如果在鞆吕木同学的事件之后，学校能马上就把锁换掉，那么也许能马同学就不会被害……受害人的家属这么想也是理所当然。只可惜事情已经无法挽回了。"

"事实上，理事会现在已经遇到了大麻烦。现在有人提出两起学生被害案是由于学校的管理不当造成的，因此产生了赔偿问题，这让学校头疼不已。"

可是，大家猜测使用了备用钥匙进入宿舍的惟道（警方也开始怀疑），却好像全然不知此事与自己有关。真是会演啊。还是说，他根本不知道大家都在怀疑自己呢？

"另外，还有人认为警察方面也有问题。从第一起事件之后，如果警方能够加强在女生宿舍附近巡逻，那么凶手就无法再作案了。我也认为，不能一味责备学校方面。"

"总而言之，包括一年级的学生在内，只要可能，现在都尽量让大家回家住了。其他的学生，如果家里经济条件允许，也都让他们出去租住别的公寓，总之就是尽量不在宿舍住了。所以现在宿舍里只剩下不到一半的学生了。另外学校也找了警备公司，同时还让警察也在附近巡逻，现在就是这样的状况。"

"如果再不抓到凶手，不知道这种状况要持续多久啊！"香澄用事不关己的语气说道。她做梦都不会想到，自己的未婚夫竟会与这起事件有关。"对了，高濑同学，最后你决定要去安槻的大学就读了？"

"是的，我父亲希望我能尽早安定下来。"

哪怕是隐藏也没有用，千帆只能老实回答道。虽然她也担心，惟道会不会利用休假的时间追到安槻去找她，不过现在暂时还不会有这个问题。

"这样啊，这也是当然的吧。"

"虽然现在还没完全定下来，不过最晚到月底也得过去了呢。"

当天下午，菓正子拜访了千帆家。看起来，他好像因为睡眠不足，脸上出现了黑眼圈，两颊也有些消瘦的感觉。当千帆的母亲奉茶出来时，他接茶的双手也颤抖了起来，像是个老人一样。

看到这一幕，千帆也难得用体贴的口吻说："辛苦了，看来您最近很辛苦吧。"

对方盯着她看了一会儿，随后发出干涩的笑声。"连你都同情起我来了，看来我的样子真的很糟糕吧？"

"在同一个地方发生两起杀人事件，一定会有很多人指责警察调查不力吧。"

"虽然我也不想，但是当时鞆吕木惠的事件，被当成了针对个人的事件。只能说，当时这么想真是太天真了。"

"说起来，关于小百合的案件，你们不会还在怀疑我吧？"

"喂，能马小百合被杀的时候，你不是正和我跟砦木一起，在警察局吗？"

原来当时那个戴眼镜的警察，名字叫砦木啊。

"我听说，案发时间是在晚上十点半？"

"嗯，当时住在隔壁二〇三号室的一个叫仲田的学生听到声响，来到了二〇二号室查看，当时就是十点半。"

"那应该是案件刚刚发生的时间吧？"

"当时能马小百合还有气在，血液也还没有凝固，所以没错……喂，我又不是为了回答你的提问而来的。"

"不好意思。"

"你啊，对于能马小百合的事，"对方又喝了一口茶，之后放下了茶杯，这一次，他的手可没有颤抖，"到底知道多少？"

"能马同学吗？我知道她的名字，至于个人交往就几乎没有了。虽然我们住在相邻宿舍，不过只是点头之交而已。要说了解的话，她和小惠倒是一个班的……"

"没错，我就是想问你这件事。"

"咦？"

"能马小百合和鞆吕木惠的关系好吗？"

"这个嘛，怎么说呢，我刚才也说了，她们是一个班的，又住隔壁宿舍，肯定会有话聊。不过在我看来，她们没有什么深交。"

"可是，她们应该有什么联系。"

"联系？"

"我们认为，鞘吕木惠和能马小百合，她们两个人之间，应该有什么关联。"

"难道说，"千帆感到，对方是想套她的话，于是紧张地回答，"你是指，杀害她们俩的是同一个人？"

"这两件案件的行凶方式非常相似。两个人身上，都被刺了十几处伤口。就伤口而言，凶手刺出的角度、手法，还有一些微小的特征都很相似，所以是同一个人行凶的可能性很高。"

"那么，这一次有人目击到凶手的样子吗？"

"没有。像上次一样，二楼走廊的窗户是开着的，凶手有可能从那里跳下去。另外虽然地面上留有血迹，我们却并没有找到凶器。"

"原来如此，就连逃走的方式也很相似。"

"因为我们没有指纹等物证，所以只能从现场的情况来判断，恐怕是同一人犯案。虽然我们也怀疑过，会不会是附近的变态杀人魔，不过这两起案件，看起来并非是这样的性质。"

"因为钥匙的问题……对吗？"

"没错。我们经过一系列调查，发现凶手的入侵路径是通过正面的大门进入的。除此以外没有其他可能性。因为宿舍的所有窗户在事件发生当日，都是从内侧锁好的。也就是说，凶手虽然能从内侧将窗子打开逃跑，却不能从外部打开窗子进入宿舍。事实上，我们也没有发现窗子被撬开的痕迹。还有后门，之前也说过了，那里也从内部上了锁，外面的人是不可能从那里进入的。所以说，凶手就是能用某种方法得到女生宿舍钥匙的人，他使用钥匙从正门进入宿舍。"

"问题在于，凶手到底是怎么拿到钥匙的……对吧？"

"没错，我们多方调查，但是怎么看，外人想要拿到钥匙去配，都是非常困难的。虽然也不能说完全不可能就是了。可如果是通过内部人员，比如学校学生，或者是教职员工，则是可以接触到钥匙的。"

"果然，你们在怀疑惟道老师吧？"

菓抬眼看了看千帆，问道："你是不是没什么朋友？"

"你知道得很清楚嘛。"

"因为我也和你一样嘛。这样的话，你的口风应该还算紧，毕竟想说也没人可说吧。"

"就算有人可以说，我也不会说的。"

"这之前你曾经说过，学校的老师可以趁着在宿舍值班的时候偷偷去配钥匙，对吧？"

"没错，那你们的调查结果呢？"

"惟道的值班时间，是今年的一月二日。"

正月的二日，那个男人居然就住女生宿舍，千帆庆幸，还好那时自己已经回家住了。不过在没人的女生宿舍安排老师住宿值班，想想也没什么问题。

"值班老师的主要工作，就是简单的清扫和接接电话，当然有的是时间去配钥匙了。而且当时是正月，周围还开门的五金店有限。我们调查一下，马上就能知道了。"

"那么……"虽然千帆一直这样怀疑，但是话从菓的口中说出，她还是有些惊讶，"他真的去配了钥匙？"

菓慢慢点了点头。"没错。我们跟店员确认过了客人的长相，还有所配的钥匙。正是惟道晋去配了女生宿舍的钥匙，这一点没错。"

"惟道他……"她一度想把称呼改为老师，最后还是放弃了，"对于这件事，有什么说法吗？"

"不，我们还没有去问本人。其实……"菓从沙发上站起来，像是在整理思绪一般，在房间中踱步，"惟道所配的，是女生宿舍的主钥匙，也就是不管是正门，还是各个宿舍的房间，都能打开的那种钥匙。那么问题来了，他到底是出于什么目的配的这把钥匙呢？对此你有什么想法？"

"这……我不知道。"

"是单纯的好色，还是最开始就打算杀人？"

"这是关键问题吗？"

"是的，"对方停下脚步，看着千帆的表情，抱起了胳膊，"有宿舍的学生反映，自己房间里的运动服被人偷走了。"

"什么？"

"而且，还是一月末的事。"

"运动服……说起来……"

"杀害鞆吕木惠的凶手，穿的就是那种运动服。"

"惟道配了钥匙是在一月二日，而后，运动服在当月月底被盗……对吧？"

"有很大可能性是惟道偷了运动服。不过，我们还不能断定这和杀人事件的关系。也有可能，他只是出于变态趣味要偷女生的运动服也说不定。"

"那么，你是说他和杀人事件无关？"

"我可没这么说。我的意思是，哪怕偷运动服的人是惟道，也不能断定他就是穿着那件衣服杀人的。"

"可是，如果是这样呢？惟道最初的目的，也许是配钥匙，从女生宿舍偷东西。但是如果在自己值班的正月期间，女生宿舍被盗，他就会首当其冲被怀疑。所以他才偷偷配了钥匙，忍到月底再行动。继一月末的运动服被盗事件后，二月十八日的时候，他又为了同样的目的潜入女生宿舍，却运气不好被小惠撞到，他一着急便忘了自己最初的目的，不小心动手杀人——这样就能充分解释了吧。"

"但是，凶手从最开始就准备了刀子。"

"如果他最开始的目的，不是偷东西，而是为了对学生下手的话，那么提前准备刀子，用来胁迫学生也是有可能的啊。"

"你的话倒是也能说得通。不过在这起事件的情况下，这是不可能的。"

"咦……"

"凶手是有预谋的，从最开始就打算杀人。不管是鞆吕木惠，还是能马小百合。"

千帆愣住了。一瞬间，她无法理解菓话中的意思。在她的理解力恢复之前，她被一股强烈的呕吐感袭击，甚至有一种后脑被人敲打的错觉。

为什么自己会如此惊讶……千帆不可思议地想道。凶手最初就打算杀人……这不是很正常吗？

然而，此话直接从菓的口中说出，还是让她产生了一股过分的真实感。自己正在寻找的，是一个能无情夺走他人生命的，已经不能称之为人的杀人者，这种认知，让她头一次产生了伴随着恐怖以及胃痛的感觉。

"怎么会……这样？"

"就是这样，凶手的目的是杀人，除此以外不做他想。"

"可是……理由呢？你有什么根据吗？"

"你还记得鞆吕木惠被害的现场吗？那里的血迹一直延续到门口吧。你虽然没有亲眼看过她的被害现场，不过应该知道，被害者是倒在房间正中央的。"

"说起来，好像的确如此。"

"那么，这次能马小百合的案件，也是一样。"

"也是一样——你的意思是？"

"也就是说，我们可以这样考虑——凶手先是在门边刺伤了被害人。然后被害人受惊，向屋内逃去，之后凶手又追上去继续对被害人下手，刺了数刀。"

"这一点我明白……所以呢？"

"所以，凶手不管是在哪一起案件中，都在被害者的房门前敲了敲门，等着被害人自己打开门，突然刺了上去——可以这么想象——而后又将被害人逼入房间内继续加害。就是这样的顺序，你明白我的意思了吧？"

"也就是说……从一开始，凶手就打算刺杀对方是吧？"

"没错。而且，这也不可能是无差别杀人。如果是那样的话，凶手特意潜入宿舍中也太不自然了。如果是无差别杀人魔作案，哪怕因为个人原因会挑选特定的目标，也不必费尽心机去弄到备用钥匙，只要在学生放学的途中袭击就好。所以，凶手是有明确行凶目标的——而且，还想在尽量没有干扰的情况下行凶。"

"所以凶手有必须杀害她们二人的强烈动机，是这个意思吗？"

"没错。你认为呢？"

"我认为？"

"让我们回到刚才说的，鞆吕木惠和能马小百合的话题上来吧。

说起来，这两个人是否有什么共同点？或者是否有何关联？你知道吗？"

"这……"

"又或者说——如果弄不好可能变成人权问题，所以还麻烦你保密——就让我们把话题限定在惟道晋身上好了。你认为，他是否有杀害鞀吕木惠和能马小百合的动机？不管是什么都好，请你把知道的告诉我。"

我不清楚——千帆正想这么回答的时候，突然想到了一件事。可是……

"你想到什么了吗？"

菓没有放过她的一举一动。

"不……我对于能马小百合的事，真的完全不知道。"

"没关系，你就说你知道的吧。"

"其实，去年，惟道他养了一条叫琳达的狗。"

随后，她说明了从松尾庸子那里听来的，惟道的爱犬被毒杀的事件。菓似乎还不知道此事，一直听千帆讲完。

"惟道的爱犬——可是，为什么你认为，这件事与鞀吕木惠的事有关呢？有什么特别的理由吗？"

"这……"

千帆犹豫地停下了话语。如果要说起小惠从祖母那里得到毒药的事，就必须把所有的事全盘托出了。真要到了这种地步，自己就不能隐瞒任何事了。

可是，千帆不能这么做。她想要保护小惠的名誉，这种心情阻止她将事情全盘说出。因此，她此时完全不能出声。

"鞀吕木惠是惟道班里的学生，这种关系算不上特别紧密……说起来，你之前曾经提到过，上个月的十八日晚上，你最后见到鞆吕木惠的时候，她曾经说过要自杀吧。"

不愧是警察……此时千帆已经完全不敢小看菓了，倒不如说，她此时对对方生出了一股赞赏之情。

"当时，我没有问你关于鞆吕木惠打算自杀的方法。难道说她当时，已经通过什么手段，得到了某种毒药？"

怎么样？菓的话将千帆逼到了死角。

千帆既没有肯定，也没有否定，只是回望着菓。菓耸了耸肩。

"算了，你不想说的话，应该是有绝对不能说的理由吧。这一点，我从上个月就发现了。那就等你想明白再说吧。"

"对不起……"

"总而言之，我们会调查看看这条叫琳达的狗。能马小百合听到琳达的时候那种不自然的态度，说明可能这件事和她也有什么关系。"

"我也是这么想的。"

"虽然还不知道是否和杀人事件的动机相关，不过对于喜欢狗的人来说，为了狗可是什么事都做得出来。不过也不仅限于爱狗之人，只要是人，谁都有自己执着的一面，有时就会失去理性。"

千帆被这番话吓了一跳。此时，她想到的不是惟道晋，而是她自己。恐怕自己也已经丧失了理性……虽然她拼命想让自己冷静，可是自从小惠死后，她就静静地陷入了错乱也说不定。

"根据情况，可能我会把这件事和配钥匙的事，一起拿去问惟道。"

"那个……我想问一件事。"

"什么？"

"九日晚上，小百合同学被杀害时，她同屋的柚月同学不在房间里吗？"

"不在，她似乎是第二天早上才回来的。"

"早上才回来？"

"真是的，明明才是个十五六岁的小姑娘，似乎是在瞒着家里人做什么。"

"她到底去了哪里？"

"她不肯明确说出来。宿舍管理员告诉她，如果不说清楚就强制她退宿，她说那就搬出去好了。"

"那么，她现在已经不住宿舍了？"

"嗯，好像是暂时找到了住的地方。"

如果能马小百合还活着，恐怕会为此感到高兴的吧。可是，柚月步美搬出宿舍，却是因为她被杀害，这一点实在是太过讽刺……千帆一边这样感慨着，突然想到了一件怪事。

上个月二十号的晚上，步美不在宿舍，当时她也是第二天才回来的。她去了哪里呢？一般说起不在宿舍过夜，大家都会觉得是去和男人鬼混了。如果是这样，她会不会是去了惟道的公寓呢——突然间，这个想法浮上千帆的心头。要知道，步美可是惟道的热情粉丝。因为惟道平时行事谨慎，她终于耐不住寂寞跑到了对方的公寓，这也不奇怪。

可是，这样的话，在能马小百合被杀事件上，惟道的不在场证明就成立了。她是否应该把这个推论告诉菓呢？千帆迷茫了。最后，她还是保持了沉默。自己并没有理由特别讲出惟道的不在场证明，而且这也不过是自己的想象而已。

"能马同学被杀时，柚月同学不知去向，外出去了……这只是单纯的偶然吗？"

"这是个问题。我刚才也说过了，不论如何，凶手都是在宿舍门

126

一打开的情况下，就刺向了被害人，没有任何犹豫的时间。也就是说，凶手应该是从一开始就知道，被害人的室友不在吧？十八日晚上，鞆吕木惠被杀时，她的室友，也就是你，也同样外出了。这只是单纯的偶然，还是被谁叫出去了呢？"

"我的情况是单纯的偶然，这一点不会有错。那天晚上，我不是被任何人指使，只是根据自己的意志外出的。"

"也就是说，你的外出是外人无法预测的，在这个基础上，凶手一直在窥探鞆吕木惠，寻找她独处的机会——有这样的可能性吧。"

"可是，这样也很奇怪。因为别人根本不知道，我会在晚上什么时候外出。难道他每天晚上都在监视着我们的宿舍吗？虽然不能说完全不可能，可是也太不现实了。我想不出为什么凶手要这么做。"

"的确如此。不过我想先检验一下，凶手是否有监视宿舍的可能性。之前，我的部下调查了一下女生宿舍的周围环境，想看看那里有没有能监视女生宿舍的地方，或者看看有没有相关的痕迹。好像是他突然想到，自己一个人去调查的。"

千帆这才想起来，砦木还没有跟菓说起他遇到千帆的事。

"那是二十日的事吧。当时他虽然发现了一个合适的监视地点，却没有发现那里有人待过的痕迹。他是这么报告的。不过……"

"不过？"

"在能马小百合被害事件发生的第二天，我再一次和部下一起去调查了那个地方，发现了之前去时没见过的，被人使用后扔在那里的暖贴。"

"咦？是在广场的里侧吗？"千帆不由得说了出口，"是在杂木林的树荫下？"

"是的，"菓突然眨了眨眼，苦笑起来，"你知道吧？怎么说呢——

我就说砦木的报告，好像不管是条理性，还是着眼点，都比平时要好一些呢。"

"为了砦木先生的名誉，我得声明一下，这些都是他自己想出来的。我只是碰巧走到那里，碰到正在调查的他而已。"

"我就说他当时的表情怎么那么高兴呢。对他来说，那是到现在为止，觉得最充实的工作了吧。倒是不知道那个暖贴是被人故意扔在那里的，还是不小心掉落的，总之，是有人一边使用那个，一边在偷窥女生宿舍，这可是有根据的。我们认为，这就是凶手留下的痕迹。接下来，这个发现带来的意义有多重大就不需要多说了吧。"

"是的，二十日白天的时候，还没有这个'监视'的痕迹。到了第二天，却在相同的地点留下了……"

"凶手在十八日夜里并没有特别监视宿舍，他没有确认你是否在宿舍里，就进入了二〇一号室——有这样的可能性。也就是说，凶手不在乎宿舍里是一个学生，还是两个。这让人感觉他是无计划的行动。但是在二十日，恐怕他是特意等到柚月步美离开之后，才进入二〇二室的——这个区别，到底有什么意义呢？"

"难道说，这两起案件，是不同的人作案——有这种可能性吗？"

"没有，两起案件是同一人所为。绝对是这样。"

"可是，现在并没有决定性的证据证明这一点吧。"

"结合现在的证据，可以确信这一点。虽然这么说你可能会觉得很烦，不过这是我长年的职业直觉。"在这一点上，直到许久之后，千帆才知道菓是正确的。"凶手是同一个人，为什么在两起案件的行凶手法上会有差异呢？这才是问题所在。"

"还有一个问题。即使凶手在二十日进行了监视，哪怕他使用望远镜，也无法确认出了宿舍的人是否是柚月步美。"

"的确如此。这一点也很奇怪。"

"也就是说，凶手只是在等着二〇二号室只剩下一个人？不管是能马同学，还是柚月同学，随便杀掉哪个都好，是这样吗……"

果然还是无差别杀人？只要是住在女生宿舍的人，杀掉谁都可以。这样的话，就已经彻底偏离了正常……不——

"如果是这样呢？如果凶手只在二十日进行了'监视'，那天晚上，可能他可以用某种方式预测，二〇二宿舍的哪个学生会离开宿舍。"

"也就是说，凶手做了某种行动，把柚月引诱出了宿舍——是这样吗？"

这样的话，只要看到二〇二号室有人出来，就可以知道房间里剩下的人是能马小百合了。这是凶手使用的诡计。

"有可能，"菓点了点头，"这样的话，凶手的目标，就很明显是能马小百合了……不过十八日的事仍然是个谜团。凶手到底是怎么知道，离开房间的人是你呢？"

还是说，凶手根本就不知道——取而代之，千帆问出了另一句话："那个被丢掉的暖贴上，有指纹吗？"

菓无言地摇了摇头。

第二天。三月十六日傍晚。千帆来到佳苗书店，也就是去年九月，她被冤枉偷书的地方。

如果惟道是这一连串事件的真凶，那么他是否有可能单独作案呢？千帆心里浮起了这个疑问。惟道会有不会有"协助者"呢？千帆这样思考着。

惟道先是配了钥匙，从宿舍偷走了女生体育课穿的运动服。然而，只穿那个可不算是太大的变装。虽然从背后匆忙一瞥，的确可以当成某种伪装，但那毕竟是在女生宿舍中，万一被人正面撞到，哪怕他穿着运动服，也会很显眼。不管如何，惟道都不会胆子大到单独闯进女生宿舍的地步吧。

可是，如果在女生宿舍中，有能够指引惟道的协助者，会怎样呢？对于千帆来说，这个念头并非突然浮现的。

去年九月，佳苗书店的女性店员突然对千帆说，这个想要逃跑的小姑娘是哪里来的。当时她被冤枉偷东西，只顾着因为看到惟道的"本质"而心生嫌恶，保持沉默，却没有想太多，只是以为那个女性店员误会了什么。然而，会不会有人趁着千帆不注意，往她的包里偷偷放书呢？如果是这样，这个人会不会是惟道的"手下"呢？

当时，她虽然确信此事是惟道搞鬼，却没想到对方是用了什么手段，趁千帆不注意时，将书偷偷塞进她包里的。然而，仔细想想，这不是很简单吗，只要对方有"协助者"就可以了。而且，对方应该也是清莲学园的女生。为什么明明是这么简单的事，自己都没有想到过呢？恐怕是对惟道的嫌恶，让她失去了判断能力吧。然而，现在弄明白还不晚。

当时，抓住千帆的女性店员，一定目击到了是谁往她的包里塞书。只不过对于店员来说，她把千帆当成了那个人的共犯，认为是此人偷书，千帆负责运出。

如果是这样的话，那起事件，就是由惟道还有"协助者"一起完成的。那么现在的一连串杀人事件，很有可能也是由惟道和这个女生共同完成的。为了确认这件事，她必须先查清楚，当时那个女生是谁。

不知道当时的女性店员现在是否还在那里工作。此时，千帆只觉得气血上涌，她还记得对方胸口上的名牌，写着"大岛"二字。

总之，她打算先去佳苗书店的柜台问问。可是，刚刚过来工作不久的年轻女店员，听到"大岛"这个名字，却歪了歪头。

"去年的九月吗？嗯——木户先生。"

她向正在旁边的地上解开包裹的年轻男店员提问。对方是个看上去和千帆差不多年纪，甚至比千帆还要小点儿的青年。他留着长发，随意地梳在脑后。

对方嫌麻烦似的，抬了抬像是快要睡着的双眼，当他认出千帆时，似乎是想起了什么而睁开了眼。他就是当时为了安抚歇斯底里的"大岛"，而被店长叫出来的店员。看起来他还记得千帆的样子。

千帆走了过去，店员的脸上浮起困惑一般的笑容。只见他胸口的名牌上写着"木户"二字。

"——你该不会，还记得我的事吧？"

"当、当然啦，"对方的眼睛迷蒙着，抬起头来看着身材高挑的她，"像客人这么漂亮的女生，哪能那么容易忘记。"

"不好意思，那时给你们添麻烦了。"

"嗯？啊，不，没有，我们才是。"

"当时那个叫大岛的店员，现在还在这里工作吗？"

"那个人啊，"木户收起刚才的笑容，露出愁眉苦脸的表情，"她去年年底，已经辞职了。"

"哎呀，难道说，是因为我的那件事？"

"也有那件事的原因吧，"对方马上用解释的语气，耸了耸肩说道，"以前那个人就经常那么歇斯底里，大家都觉得快被她搞烦了。说实话，她一提辞职，我可是松了口气呢。"

"你知道她现在在哪里吗？"

"你问她住在哪里吗？这就不知道了，不过我可以打听一下。你为什么要问这个？"

"我想问问她去年那件事的事情。我想，那个叫大岛的人，是目击了我偷东西的瞬间吧。"

"这……"这时，木户突然意识到，千帆可能是想要对店里当时的处理进行投诉，所以他马上流露出小心的眼神，住了嘴，"这可就说不好了啊，你的意思是？"

"别在意，那件事已经过去很久了，我不是回来投诉的，请你们安心。只不过，我想当时大岛可能是看到我和什么人在一起的情景。我想向她打听一下那件事情。"

"在一起？"木户歪了歪头，"那时，有人和你在一起？"

"当时那个叫大岛的店员，好像是说我有一起偷东西的同伙。"

"这么说起来，好像是有这么回事。"对方抓了抓脸颊，好像是在拼命回忆当时的情景，"我记得不是很清楚，不过当时，她确实是说看到了偷东西的女生们。对，当时我在柜台这边，被大岛叫了过去。当时她说，刚才那个和你一起偷东西的同伙离开书店了，让我出去抓她。"

"那个女孩，大概是什么样的？"

"不，我没有看清楚。我听她说了后，就马上跑出书店去追，不过最后也没抓到她。"

"大岛没有说她是个什么样的女生吗？"

"并没有。不，等等，她好像说了——是哪里的学生？"

"她的意思是不是，那个女生穿着学校的制服？"

"嗯，好像是吧。反正我当时听了之后，马上就知道，应该是初中生或者是高中生吧。不过我还是想不起来了。"

"所以当时就被她跑掉了？"

"是的。我当时没有办法，就直接回来了，那时就发现大岛正抓着你不放。我就知道这些了。所以，想要知道那个跑掉女孩的事，你只能去问大岛了。虽然我也不敢保证她本人一定记得，不过当时看到现场情况的，也只有她了。"

"大岛住在哪里？或者，你知道她现在在哪里工作吗？"

"这个嘛，"木户悄悄看了看周围，小声说道，"调查一下以前的资料就知道了。不过这件事，不太好啊，毕竟是个人隐私，对吧？所以啊，"他看了看自己的手表，"我说——你真的无论如何也想知道？"

"如果可能的话。"

"那这样吧。你等到晚上八点，书店关门之后，可以吧？"

"当然可以。"

"关店以后，我还要收拾一下店里的东西，把剩下的物品区分和打包，大概要到九点左右吧，弄不好可能得到十点多才能出来。那个时间你也可以？"

千帆看了看表。现在是晚上七点。看来还得等两个小时，或者是三个小时。这对她来说，完全不是问题。

"嗯。"

"那，你就去对面那家CD店的二楼咖啡馆等我吧。那边一直营业到晚上十点。"

"我知道了。那么——"

"对了。"

"什么？"

"这件事，你可绝对要保密。"

"我知道了。"

千帆走出佳苗书店，按照店员所说，来到对面建筑的二楼咖啡店。正好店里靠窗的位置空着，她坐下后，若无其事地望向书店的方向。

此时，千帆差点儿叫出声来。就从她刚刚离开的佳苗书店，惟道晋走了出来。

千帆透过挡住脸的手掌指缝，观察着惟道的样子……他是什么时候来的？惟道左顾右盼着，似乎在找什么人，随后便离开了。

找什么人……当然，是在找千帆吧。那个男人，到底在想些什么，难道现在还在跟踪她吗？

还好没有被他撞上。正在千帆松了一口气之际，突然想到，如果对方是想找她，弄不好会再回到店里吧。于是她再次将视线投向书店的方向。她一边点了一份三明治当晚餐，一边监视着前面的马路。与其说她是在等木户，倒不如说，她是在监视惟道。

过了十分钟左右，惟道再次出现了，并且向佳苗书店中张望着。他的神情有些迷惑，走进店里后，又马上出来。他频频地歪着脑袋，不知是不是因为没有看到千帆而困惑。

又经过了三十分钟，惟道再次出现，他的执着让千帆吃了一惊。不过这次他马上离开了书店。也许是因为没有收获吧，这次他的脸上明显表露出失望的样子。

七点五十五分左右，佳苗书店拉下了铁门。周围的门店也都陆续关店，马路上几乎不见行人的踪迹。

惟道也不见了。

过了一会儿，大概是九点半左右，佳苗书店铁门旁的小门打开了。

那个叫木户的店员出现了。他看到了在二楼咖啡店窗边坐着的千帆，挥了挥手跑了出来。

"不好意思，稍微忙活了一会儿。"

"没关系。"

"我也不知道东西到底放在哪里，所以找了半天。你看，就是这个。"

对方取出一本笔记本，递给了千帆。上面写着大岛幸代的住所和电话。木户想要把这一页扯下来，不过因为戴着厚厚的手套，所以有些困难。随后他摘下手套，将纸撕下，递给了千帆。

木户此时穿的，并非刚才千帆在书店看到的工作服里面的毛衣，而是换了一件立领的衬衫，外面套着一件大衣，看起来相当帅气，甚至还能闻到香水味。也许他说的"忙活了一会儿"不是指书店的收尾工作，而是指为了和千帆见面，特意"打扮"的事。

"刚才我也说了，这件事请务必保密。"

"我知道了。"

"对了。"

"什么？"

"我刚才突然想起来，你该不会是为了去年的事，想去找大岛理论吧？"

"不是的，"为了安抚木户的担心，千帆尽可能露出诚实的笑容说道，"你放心吧。"

"你也别嫌我啰唆啊，你可千万别和大岛本人说，是我把联系方式给你的。"

"我知道了，知道了。"

"那就好。对了，还有件事。"

"什么？"

"能告诉你的名字吗？我记得去年的时候也没有问过你的名字。"

千帆条件反射般对男性问起自己名字的事露出了抗拒的表情。对此，木户也显得有些意外。也对，明明是这么辛苦地帮忙调查，对方却连名字也不肯告诉自己，他会有所不满也是很自然的。

"——高濑。我叫高濑千帆。"

"嗯——高濑啊。"

对于千帆的反应，木户露出失落的样子。也许他是在期待，千帆主动做一番详细的自我介绍吧。然而因为千帆的沉默，他也明白千帆并不是那么容易上手的女生，进而放弃了吧。

与木户分别后，千帆用公用电话给大岛幸代打了电话。毕竟时间已晚，要是直接过去会有些太冒昧，所以她还是先打电话寻问对方的时间。

然而，没有人接电话。看起来对方不在家。于是千帆打算今晚先回家。

第二天，三月十七日的晚报，记载了一篇这样的报道。

母子惨遭杀害——是强盗杀人吗？在本市居住的主妇大岛幸代（三十四岁），以及其子小刚（五岁），在自己家中被人殴打头部，并遭绞首杀害，被十六日晚十点左右回家的丈夫卓也发现，随后报警。行凶时刻为当日晚上六点到九点。室内有被翻动过的痕迹，现金也被带走。幸代的衣物没有凌乱的痕迹，警察初步判断，这是一起以抢劫为目的的杀人事件——

看了这篇报道之后，千帆终于获得了关于琳达的详细信息。菓为了告诉她这件事，第二次拜访她家。千帆虽然并没有特意拜托他，不过对她来说，为千帆提供信息只是顺带，替千帆调查案件才是他的本分。

"去年春天，惟道在公寓养的狗确实死掉了。"

"是叫琳达的狗吗？"

"似乎是的。惟道把狗的尸体带到熟悉的兽医那里做了解剖，对方问他理由，他说是公寓里有人不满他养狗，所以怀疑是邻居下毒。其实公寓是不能养狗的，是惟道违犯规定在先，反倒恶人先告状了。"

"然后呢？"

"在狗的体内，检查出了氰酸类的剧毒，引起了一阵小小的骚动。惟道本人也没想到会查出这样的结果。我们也去问了那个兽医。他说在惟道不在的情况下，琳达一般会被放养在公寓外，无论是什么人都能在外面给琳达的食物下毒。"

"什么人都可以……"

"而且，我们还打听到了一些意想不到的事。在我们问琳达的事的时候，有一个学生说出了一件怪事。"

"怪事？"

"你知道一个叫津吹麻耶的学生？"

"津吹……不知道。是清莲的学生吗？"

"是一年级的，而且还是惟道班里的。她在入学的时候，和鞍吕木惠，还有能马小百合关系很近。"

"和小惠她们……"

"到了第二学期，她们就互相疏远了。津吹麻耶说，主要原因是鞍吕木惠和你的关系越来越近。"

"啊，没错。小惠就是在去年夏天时提出想要和我交往的。"

"津吹麻耶说，去年春天，三个人都是新生，在学校也没什么朋友。因为三个人座位邻近，所以经常一起活动。那时，鞆吕木惠说出了惊人之语。"

"惊人之语？"

"她说，自己实际上有真正的毒药，那是可以杀人的毒药。如果大家不相信的话，她可以用惟道老师的狗来做实验——当时她说出了这样的话。"

千帆感觉眼前一片空白，甚至有一瞬间，她觉得五感都麻痹了。

"而后，鞆吕木惠真的付诸行动——津吹麻耶是这么说的。"

千帆感到一种全身的血都要流出的脱力感。这样下去，她觉得自己的大脑已经无法再恢复正常了。如果在这里无法"回归"的话，那么，自己将永远不能跨过小惠死去的这一道门槛。

"可是……"千帆仍然感觉眼前一片灰白，却终于努力出声，"可是，为什么小惠，要做这种事……"

"津吹麻耶也说了，因为新生入学的时候，惟道对班里的学生讲过一些有的没的，说什么男生都很活泼，女生都很可爱，总之都是些普通的话。可是，鞆吕木惠却觉得很火大。"

"……为什么？"

"当时惟道说，女孩子真实的一面最可爱。之后，他又说自己养了一只叫琳达的小母狗，说想让大家像琳达这样。当然，惟道当时只是在开玩笑。但是鞆吕木惠却觉得，惟道把学生和狗两种不同次元的生物相提并论，实在让人火大。"

"……就因为这个？"

"就是因为这个……吧。"

千帆注意到，自己此时微妙地冷静了下来。她并非不感到震惊，只是因为并不觉得有多么意外。因为此前，她心理上已经有所准备，惟道的爱犬被毒杀，多半就是小惠所为，而且，这就是小惠的行事风格。

奔放，残酷……只是因为喜欢或者讨厌，就能简单地夺去别人的生命而毫不犹豫。这就是千帆所爱的少女。

"津吹麻耶当时认为她只是开玩笑。当然，能马小百合应该也是这么认为的，所以她们还继续和鞘吕木惠来往。可是，当她们来到惟道的公寓门口，见到琳达时，小惠就真的拿出小瓶，将其中的液体倒到面包上，让狗吃掉，而琳达就真的死掉了。当时，鞘吕木惠扬扬得意的表现，让津吹麻耶感到害怕。从那之后，三个人一起活动就慢慢减少了——就是这么回事。"

"……这还真是她的作风。"

"是吗……"菓吃了一惊，抬起头来，"难道，她会因为杀了狗而开心吗？"

千帆没有回答。如果自己肯定，那么势必会加速忘记小惠吧。她产生了这样不可思议的想法。但是，她无法否认，也不用怀疑，这就是小惠的本质。

"……我不知道，"看起来，菓会把她的沉默当作是肯定吧，"你和那个女孩，是恋爱关系吧。"

"是的，"千帆不自觉地点头，"也许，我也是个残酷的人也说不定。"

突然，千帆缓过神来，她被自己的话吓了一跳——残酷的人？之前，自己可是从未意识到这一点，甚至可以说，是做梦也没有想过。当然，这并不是那种无心做出来的行为。她平时总是一直认为，"残酷"的那一方并不是她，而是父亲所代表的"世俗"——这也是长久以来她的"常识"。

她应该是"被害者"，而绝不是"加害者"，不可能……

"津吹麻耶担心，下一个被害的，会不会是自己。"

"……难道这一连串事件，都是对琳达事件的复仇？"

"津吹麻耶是这么想的。她想找人跟在身边保护自己。"

"那么，她认为，惟道晋是这一连串事件的凶手？"

"当然。我们也不能无视她的说法。总之，我们先派人把她保护了起来。"

"对了，说起来……"

"什么？"

"昨天夜里，有一位主妇和她年幼的儿子被杀害了。今天的晚报上有报道出来。"

"你是说那起强盗杀人事件吧？"

"那起事件，是由您负责吗？"

"我也去了现场，不过是别人负责指挥的。怎么了？"

"那起事件，和这次的案子，会不会有什么关系呢？"

菓一瞬间愣住了。"……你到底在想什么？"

ACT 4

第二天，三月十八日。千帆打算去找津吹麻耶见面，所以赶往学校。今天，是清莲学园的结业仪式。

津吹麻耶家在离学校相当远的小镇里。当然，过了今天，她就要回家住了吧。而千帆这个月底也必须得去安槻了，所以如果今天不去，可能就再没有见她的机会了。

千帆穿过校门，发现学校里已经和放了春假一样安静。看起来，体育馆里的结业式已经开始了。

这里有两个女生相继被害。校长讲话的气氛应该比较阴郁吧，还是装成这两起事件都没有发生过一样，继续讲她那十年如一日的老套陈辞呢？千帆一边无聊地想着，一边悄悄地走到出路指导室。这并不是她原本的目的地，只是为了等待结业式结束，打算到那里先打发一下时间。

同时，她也想看看那里是否有安槻大学的详细资料，也许可以先提前看看大学的宣传册。之前她只对考试细节部分有兴趣，对于学校环境等内容，却没有好好看过。毕竟是她下个月就要就读的大学嘛。

老实说，千帆对于大学生活，可谓是不抱丝毫期望。虽然离家远行让她开心，可她对大学生活本身并没有什么别的想法。不管是去哪里都一样吧——就是这样的心情。不管去哪里，自己都是一个人。不，自己必须是一个人。

此时，她终于有些想明白了，松尾庸子让她小心的意思。千帆并不觉得自己的相貌有别人说的那么美，可是，庸子指出的"危险性"本身，她却不得不承认。

总之，所谓正常的人际关系，是要和别人交往时，保持一定距离才能成立的。不管是多么亲密的关系，都必须尊重对方的"个性"，这是理所当然的"规矩"。

但是，现实生活中却有很多人完全不遵守这种"规矩"。在爱的名义下，对方会侵害这种"个性"。而这种侵害（或者说是哪怕这样也能被允许），变成自己存在价值的证明，甚至被错误地当成了人性本身。这其中最明显的就是亲子关系吧。父母将这种踏入子女"个人领域"的行为，看作是理所当然的，还认为这是自己的义务，将实行这种义务当成是自己的使命。

这并不局限于亲子关系。朋友关系、恋爱关系、夫妻关系、邻居关系、职场同事关系——以上所说的，可以套入到这里面的任何一种关系当中。极端地说，人类就是会错误地认为，如果不"侵害"别人的"个性"，就不算是真正的爱情和友情。而保持适当的距离，则会让人觉得冷漠无情。

这种错误之所以能够横行其道，是因为有人将这种"个性"被侵害的事情，当成快乐来感知。千帆也有同感。她和鞄吕木惠的关系就是如此。小惠侵害了千帆的"个性"，蹂躏了她的人格，为了自我陶醉而玩弄千帆，可千帆对此甘之如饴。但是能这么做的人，也只有小惠。

如果"侵害"与"被侵害"的双方利害关系一致的话，那么这种幸福就如同蜜月一般。然而同时，"被侵害"一方，也会选择对象。他们不可能允许任何人来侵害自己的领地，不可能因为对方是亲人，对方是朋友，对方是上司、丈夫或者妻子、恋人就随便允许。决定的因素，并非是否接受这种"侵害"，而是在与人的交往过程中，是否能慢慢互相发现对方。

然而，"侵害"一方，却往往不会考虑这么多。他们理所当然地认为，对方应当对自己的"侵害"乐在其中。亲子关系便是如此，而跟踪狂也是同样的心理。他们认为，对方不接受自己的"侵害"是不知好歹。对于父母来说，"主张个性"是幼稚的、不懂父母心的，对跟踪狂而言，那些不属于他们的女人，都是不理解真正爱情的恶女。

说到底，人类之间的关系，都是同样的构造。主张在交往中保持适当距离，是保全个人人格的理所当然的权利。但是到了现实生活中，这种主张却往往被看作是傲慢的表现，会被人说成是高不可攀——你以为自己是什么人。这里面，还有嫉妒的元素。

对于人类来说，侵害他人的"个性"一定是快乐的。如果能"侵害"别人，是自己有"力"的证明，也是自己存在价值的证明。因此，对于要夺走他们这种"快乐"的人，他们会变得阴险卑鄙。对于男人来说，看到那种高高在上的女性，就会毫无理由地猜测对方淫乱或者性冷淡，这就是这种心态的典型案例。

之前也说过多次，千帆并不认为自己的容貌有那么美丽，然而，这好像让她具备了某种能够刺激别人侵害他人"个性"的因素一样。这大概就是松尾庸子所说的"危险"吧。

这种来自周围的"危害之意"，千帆有两种相处之道。一是彻底地接受这种"侵害"，就像她和鞆吕木惠的关系。

另一种，则是彻底"拒绝"。最开始，她就高高竖起自己不懂友情与爱情的看板。哪怕有人想要接近她，她也会从一开始就明白地拒绝。这就是对千帆来说，能将"侵害"降到最低的方法。

可人类这种生物，总是一有机会就将他人的言行解释成"请来侵害我"的信号。有的女人只是社交辞令一般对男人微笑，也会激起对方日夜尾随，疯狂求爱。这种像是恶劣的玩笑一般的跟踪狂行为，会在现实中发生吧？另外见到老实的人，就想要说教，也是一样的道理。

为了不让这种"误解"发生，还是明确地发出拒绝的信号为好——对于即将到来的大学生活，千帆下定了这样的决心。最后得出的结论，便是她必须"独自"一人。她并不打算交朋友，恋爱更是不用说，不管对方是男还是女。在这个世界上，应该已经不会再有像小惠一样，让自己毫无防备并敞开心扉的对象了。所以不管是去安槻大学，还是去别的什么地方，都一样。

而第三种选择并不存在。对千帆来说，并不存在中庸的选择。哪怕是她适当地保持距离，也会给周围的人留下可乘之机。

已经死心的千帆，来到出路指导室的门口。当然，此时大家都在体育馆，所以里面应该没有人吧。

就在她打开门的时候，突然听到房间里传来女人的惊叫，"你太过分了"，这让千帆吃了一惊。随后，她看到谷本香澄从房间中跑了出来，头发乱七八糟，一脸惊恐的样子。

对方看到千帆也没有停止脚步。她双眼红肿，跑出来时与千帆擦肩而过。

"等一下，不是这么回事，那件事是——"

随后，惟道晋也飞奔了出来，他本想去追香澄，可看到千帆，却僵硬地停下了脚步。

"你、你这是……"

"老师，发生了什么事？"

"不，这个……"

想要蒙混过关的惟道露出卑屈的笑容，千帆感到心中有什么坏掉了。之前她一直因为惟道是老师而克制的那股积郁，此时就如同开了个恶劣的玩笑一般。

"你对她，做了什么？"

"做了什么……没什么。你在说什么呢？我会对她做什么——"

"别碰我。"

惟道无意识伸过来的手，被她一说，吓得缩了回去。

"我，还没原谅你呢，"千帆觉得，此时诘问惟道的自己，变得有些面目可憎起来，"不，只要我活着，就绝对不会原谅你。"

惟道沉默了。他的眼球像死鱼的眼睛一般滞钝，脸上的肌肉不停地抽搐着。同时，似乎是为了表现，或者他不明白自己为什么遭到非难，只能故意露出假笑。

"下次你再出现在我面前，我就杀了你。"

丢下这句话，千帆转头离去。失去控制力，实在是心有不甘，但她也没有觉得后悔。比起这个，她更在意香澄的事。

香澄在教职员停车场，坐在车里。本来她打算靠着刚才的情绪，直接把车开走，可当她坐在驾驶席的瞬间，却失去了气力。她没有握方向盘，而是趴在上面掩面哭泣。

千帆从车窗向里望去，此时香澄抬起了头，不停地擦拭着眼角，而后将车窗摇下，露出扭曲的笑容。

"……怎么了？"

"老师，是我问你才是。你和惟道老师怎么了？"

"啊……"

看起来，刚才她从千帆身边跑过时，并未注意到千帆的存在，可见她的情绪有多么激动。现在，她冷静了下来，一副失魂落魄的样子。

"……你上来吧。"

听对方这么说，千帆坐进了副驾驶席。香澄发动引擎，将车开出了停车场。

好一会儿，香澄都无言地开着车，时不时从眼角渗出泪水来，滴到她的嘴上。

"……我真的，受够了。"

"老师。"

"真是太讨厌了。"

"老师，您冷静点儿。"

"真的受够了。"

"老师，还是先把车停下吧。"

"受够了。"

香澄一边这样叫着，一边将车停在路边，抖着肩膀喘息着。

"到底发生了什么事？"

"高濑同学，我……"香澄两手抓着头发，抱住了头，"我本来是打算在四月辞职的……你可能知道吧，我们学校是不允许夫妻一同在这里就职的。"

"咦？"

"如果两个同校老师结婚，就必须有一个辞职。这是不成文的规定。"

"有这回事啊，真是的。"

"所以，我本来已经打算离职了。可是啊……"

"难道，那家伙出轨了？"

"……最糟糕的是，"对方点了点头，两手叩在膝上，"他把学生，带到了自己的公寓里。"

"学生？"

"三年级，那个叫柚月的。"

"是柚月步美吧。"

"之前，那个叫能马的学生被杀时，她就没打过招呼在外过夜，你知道吧？之后就被迫离开宿舍了。之后她打算找个地方住，没想到居然住进了他的公寓。"

"这……"

"为什么会这样啊，太过分了……完全就是鸠占鹊巢，"因为懊恼，香澄提高了音量，"为什么我非得受这种罪不可啊？为什么？我已经不想活了！不想活了，不管是什么，都好讨厌！"

像是香澄这样的女性，不过是被男人背叛了，怎么会如此失控呢？也许现实就是这样，千帆却觉得她愚不可及，不知不觉开始生起气来。

"是你没有看男人的眼光啊，"千帆此时判断，不要用愚蠢的方式去安慰她比较好，所以这么说道，"幸好你们俩还没结婚，就当成交学费了吧。"

香澄看着千帆，本想发怒，结果却露出了如同醉酒一般的眼神。

"高瀬同学……"

"嗯。"

"这件事，你可别对别人说啊。"

千帆一时之前，没弄明白，她所谓的"这件事"是指什么。

"我是碰巧去他的公寓，才发现此事，现在学校里还没有人知道。希望你之后也能保守这个秘密，所以绝对……绝对不能和任何人说……万一被学校知道了，他可就——"

千帆惊呆了。她产生了一种想要重重地给面前这个女性一拳的冲动。明明是自己被男人恶劣地背叛了，为什么还要庇护对方呢？千帆无法理解，不，确切地说，是不想理解。

看到千帆露出吓人的神情，香澄好像有点害怕地对她说："拜托你了……高濑同学，拜托了。"

这简直如同噩梦一般……千帆抱住颤抖的香澄，感到一阵眩晕。小惠被杀时，她也曾经感受到这种震惊。

为什么？为什么？为什么？为什么，要庇护那个男人？为什么是那种最差劲的男人？

"如果你要我别说，那我就绝对不会说的。不过……"千帆说出了连自己都没想到的话语，"不过，相应地，你必须答应我一件事，不能——再和那个男人有联系了。"

千帆这才发现，原来支配自己的感情，并不是愤怒，而是嫉妒。这种嫉妒，是对于能将香澄迷惑到这种程度的惟道，还是对为了爱而不惜做到这种程度的香澄，千帆不知道。

香澄害怕地在千帆的怀中挣扎着说："放开我……"

"说好了。"

"好痛，"香澄像是想要甩开抓住自己的千帆的手一般，说道，"好痛。"

"香澄姐。"

意识到千帆没有叫自己老师，而是直呼了自己的名字，香澄吃了一惊，也失去了力气，随后露出虚弱的笑容。

"我啊……我其实……没有你那么坚强。"

坚强？坚强是什么意思？千帆完全猜不透，为什么香澄要用这个词来形容自己。

"你啊……虽然这么说有点奇怪，不过，和我相比，你才是真正的大人，是个很棒的女性。虽然比我小十岁多，却真是不可思议。我啊……我不管再过多少年，都不可能长成你这样。一定是这样，不管再过多少年……"

"只要别想男人就行了。"

"什么？"

"男人，就是将一切弄乱的源头。"

"是啊，"香澄擦了下鼻涕，"也许，真的是这样也说不定。可是……"

"可是？"

"说起来，你才是最特别的人。嗯，我的意思，不是说你只喜欢女人这点，而是说你的超脱感，所以才能说出这种话来。可是我只是个平凡的女性，不可能像你一样，所以只会普通得像常人一样，想着男人的事。不，是不想不行。"

"香澄姐。"

"嗯，我知道，我明白你的意思。我之后也会是这样平凡的女性。可是，我已经不会再去想那个男人了。至少，是不会再和他交往下去了。真的，我已经够了，真的是受够了。"

很明显，香澄是在将这番话说给她自己听。她的话与她的内心是截然相反的，即使被背叛，她也不想离开惟道，她的话中，明显可以听出这番不甘。

"我知道了。"千帆的心情变得冷酷起来，她用手捧住香澄的脸颊，

"真的，不和他交往了？"

"嗯……"

"那说好了，忘了那个男人？"

香澄一瞬间露出了纠结的神情，不过马上就冷静下来，挺住了身体，只是喘息着。

"你对我发誓。"

千帆用手指抚着她的唇，突然，一股不安掠过千帆的脑海……难道说，这种"安静的错乱"，还会继续下去吗？她看着香澄的眼睛，那里明显映出了某种如同妄念般的东西，摇荡着。

"现在，就在这里。你对我发誓，不会再见那个男人，也不会再想他了。"

最后，千帆也没见到津吹麻耶。

后来她听说，津吹并没有参加结业式。恐怕是她在鞘吕木惠、能马小百合、琳达被杀这三件事后，认为这一连串事件是惟道晋的复仇，所以因为害怕，而向父母哭诉不想去学校，没等到结业式就回了家里。

第二个月，津吹麻耶就转到了离家较近的公立学校。

第二天，三月十九日，早报上刊登着这样的报道：

"女子高中生被刺杀，怀疑为杀人魔所为。搜查本部正在调查此事与女生宿舍连续杀人案的关联。"

内容记载的是，昨天结业式之后，市内私立高中的一年级学生，C子（十六岁），在下午四点，被发现倒在ＸＸ市马路上——她的头部有被击打的痕迹，胸腹上有十几处刺伤痕迹。

150

附近的住户听到 C 子的惨叫赶来，马上叫了救护车，但两小时后，被害人还是因为失血过多，在市内医院死亡。

这所私立高中的女生宿舍，在上个月十八日及二十日，相继发生女生被刺杀事件，搜查本部将针对这一连串事件，继续进行调查——报道到此结束。

第二天，千帆才知道，这个 C 子，是住在清莲女生宿舍的鸟羽田冴子。

千帆的母亲走进起居室，放下还冒着热气的咖啡。

"谢谢，"菓诚惶诚恐地说道，一直等到千帆母亲离开，还盯着大门的方向，"你母亲和我之前想象的不太一样啊，感觉不太像是那种大人物的夫人。"

"喂，你这可是在当事人的面前评价别人的母亲啊。"

"不是，失敬了。我只是说，你母亲好像很传统。"

"你是想说，和我这个做女儿的完全不同吧。"

"有可能吧，"为了找回注意力，菓将点心放入口中，有些刻意地笑了起来，"确实不一样，你母亲这么贤淑，感觉完全不像是能生出你这样的女儿的人。"

"看来所有的男人，都差不多啊。"

"嗯？"

"你们都喜欢那种千依百顺的类型。"

"难道女人不是这样吗？"菓喝了口咖啡，有些讽刺地说，"女人会讨厌听自己话的男人？"

"对，不管是男人还是女人，只要是人类，就都是这样。总而言之，只喜欢对自己言听计从的人。"

"话是没错。"

"就连小孩子也是一样。"

"嗯？"

"对父母来说，只有听自己话的孩子，才是好孩子吧。"

"我之前也是这么认为——"菓从千帆身上移开视线，摸了摸自己的脸颊，"你和你父亲有什么争执吗？"

"你有孩子吗？"

"有五个呢。"

"嗯，那还真是一大家子人。"

"因为我想要很多小孩嘛。"

"咦？你是想多要几个听自己话的人？"

"我可没这么想过。怎么说呢，就算这么说，我也不太能理解你。不过，我想要很多孩子的理由，只有一个。"

"是什么？"

"对小孩子来说，没有兄弟姐妹，是件很糟糕的事。"

"是因为他们会寂寞？"

"不，如果是独生子的话，父母就会宠过头。"

听到这里，千帆感到有些困惑。

"独生子女可不好。哪怕父母不愿意，也会集中将感情灌注给这一个孩子。而这种爱，可并不一定会产生良性结果。有可能因为过度保护，或者父母无意间的行为，产生对孩子的束缚。如果孩子多了，就不会发生这种情况了。"

对于这番话，千帆不知道是否该照单全收。她很难相信，为人父母者真的会这么想，如果只是场面话还说得过去。难道这是为了照顾自己的心情才说的？她不禁这样怀疑起来。这时她还不懂人情世故，不知道能说出场面话也是一种能力。

"你恨过自己的父母吗？"

"有啊，你看我这名字取的。"

她回忆起以前接到名片时对方说过的话："写作正子，却读成TADASHI？"

"我小时候，真的很讨厌这个名字。为什么我要取这种女生一样的名字啊。以前我就经常因为这个被人取笑。不过反正，这也是父母的一种爱的表现方式——"

"比起这个，今天啊，"千帆不想再听什么父母之情，打断了他的话，"你找我有什么事？"

"前天，十八日傍晚发生的事，你知道了？"

"你说的是女高中生在路上被刺杀的事件吧。我已经看过了新闻，上面没有写学校和被害人的名字。难道是清莲的学生？"

"没错，被害者叫鸟羽田冴子。"

"鸟羽田……"

"你认识？"

"嗯……她应该是住在女生宿舍五楼的学生。"

她和菓说话时，如果是闲聊，她就会以朋友的语气来说，讲到事件，则会用比较正式的语言。不过千帆并没有察觉到这一点。

"你果然认识。"

"不过，我和她没有直接说过话。她和小惠比较亲密，我曾经听说过她的事。"

"啊，好像是有这么回事。"

"什么意思？"

"十八日，在学校的结业式之后，鸟羽田冴子去了鞆吕木惠家里。"

"咦……小惠的家里？"

"据鞆吕木夫人说，她曾向鞆吕木惠借过书，之后就忘了这回事，想在春假之前还回去，所以才去了她家。"

"书吗？"

"是英语辞典。她还给夫人看了那本书，上面确实写着鞆吕木惠的名字，用罗马字写的。鸟羽田冴子还了书之后，还在佛坛前上了香。那是下午三点半之后——鞆吕木惠的家人是这么说的。"

"这就是说……"

"她是在离开鞆吕木家之后，被凶手袭击的——是这样吧。"

"我看新闻上说，此案有目击证人？"

"有一位住在附近的老人，听到了被害者的惨叫赶了过去。这时，凶手已经离开了。包括这位老人在内，没有人见到凶手。还有一位附近的主妇，曾经在惨叫的前后，听到一声车子的紧急发动声。"

"凶手袭击了被害者之后，开着车子逃走了——是这样吗？"

"大概是吧。"

"听说她被送到医院的时候，一息尚存？"

"不过几乎已经没有意识了。只是根据医生的述说，她好像说过，不知道为什么非得是自己被刺一类的话。"

"为什么非得是自己被刺……我不明白。"

"发现的那个老人也说了同样的话，说她曾经在昏迷前，迷迷糊糊说过，是个没见过的人，不知道为什么自己会碰到这种事。"

"……有点像啊。"

"嗯。"

"这和小惠，还有能马同学的案件有相似之处。"

"被害者不认识凶手，这是怎么回事呢？"

"怎么说？"

"比如说，鞘吕木惠的案子，当初我们还怀疑过你。如果你是凶手，鞘吕木惠却说不认识凶手，可能是想要庇护你，当初我们是这么解释的。所以——"

"所以？"

"所以被害人的说法，很难判断是否可信。弄不好，凶手是个被害者想要庇护的人。"

"想要庇护的人？"

"比如，学校里的老师什么的。"

"你果然在怀疑惟道？"

"虽然知道这么说可能不太合适，不过我们的确是在怀疑他。"

"可是——"

"我知道。你是想说，动机还不明确吧。的确，鞘吕木惠、能马小百合，还有这次的被害者，如果这次被害的人是津吹麻耶，就能说明他的动机了。当然，有没有说服力先另当别论。"

"如果是像鸟羽田冴子这样的，和之前一连串事件没有关系的学生，那么为了琳达复仇的假设就不成立了。"

"确实，从动机上来讲，的确如此。不过被害者之间，仍然存在着共同点，她们三个人都是惟道班上的学生。"

"如果和琳达没有关系的话，那么，惟道杀掉自己班上学生的动机又是什么呢？"

"我想到了一点，就是你之前曾经说过的某件事。"

这件事，就是十六日夜里发生的，大岛幸代母子被杀害的事件。千帆之前曾经考虑过，大岛被杀，是不是惟道想要封上"证人"的嘴所为，所以，她对菓道出了之前被冤枉偷书的事，详细说明了对惟道的怀疑。

然而，菓却半信半疑。如果千帆的假设正确的话，那么惟道到底想隐瞒些什么呢？有什么重大的秘密，是哪怕夺走幼小孩子的生命也要隐瞒的呢？到底大岛幸代知道些什么？

"关于大岛幸代母子被杀事件，现在还没有有力的嫌疑人浮出水面。虽然有人目击到，在行凶时间段有人从大岛家离开，但是因为马路上很暗，就连是男是女都分不清楚。只是——"

"只是？"

"根据目击者所说，这个人身上，有威士忌的酒味。"

"威士忌……"

"而且此人的脚步也有些不稳，像是喝醉了的样子。而大岛幸代和她的儿子，就是被威士忌的酒瓶殴打头部致死的。成为凶器的酒瓶，是大岛幸代给丈夫买来晚上小酌的。据她丈夫所说，瓶里应该还剩下三分之一的酒，可是发现时，酒瓶的盖子已经被打开，里面的酒全都流出来了。"

"难道说，凶手在行凶前，还喝了这些酒？"

"这就不清楚了。那可是相当高级的苏格兰威士忌呢。总之——"

菓暂时停住了话语，用若有所思的眼神看着她。

"……最开始，我并没有把这件事放在心上，不过鸟羽田冴子被杀后，我开始认真考虑此事了——大岛母子被杀害，和这一连串事件之间的关系。"

"也就是说……也许鸟羽田冴子，就是惟道的'共犯'是吗？"

"没错。惟道因为怕你查出书店的事，所以杀害了唯一的证人大岛幸代。那天，惟道曾在佳苗书店里出现过。也许当时他只是在跟踪你，却没有找到你。等他去过几次之后，可能因为心急，而向店员询问你是否来过的事。像你这么漂亮的容貌，只要说一下特征，店员马上就知道他问的是打听大岛幸代的你，便告诉了他。而他知道你想要接触大岛幸代时，也吃了一惊。所以他马上决定要杀害大岛幸代。你着眼佳苗书店一事，让他越发不安起来，因为弄不好，那个'共犯'本人什么时候就会把事件说出来。这样的话，不如一劳永逸，永远封住她的嘴——他可能是这么想的。所以，两件事情的动机，我想可能只有这样了吧。"

"鸟羽田同学她……"

是那个曾经憧憬千帆的少女吗？是她和惟道联手陷害千帆？

"那件你被冤枉偷书的事，如果真是惟道的阴谋，那么他一定有共犯，而这个共犯也有可能是鸟羽田冴子。因为惟道是她的班主任。他可以利用立场上的优势，操纵这个少女为他办事。"

"可是……"

"可是什么？"

"可是如果他要杀鸟羽田冴子，就没有必要杀大岛幸代了吧？或者说，与其杀害大岛，倒不如直接杀害共犯者更好吧。可事实是，大岛和鸟羽田都被杀了，真的有这个必要吗？我感觉这方面有点做过头了，有些不自然。"

"你的意思是，如果是为了封口，为什么不一开始就杀掉鸟羽田冴子本人吧。连小孩子也卷进来，杀害大岛幸代母子两个人，是没有什么意义的吧。"

"没错。"

"可是，如果他是想隐藏共犯的存在这件事本身呢？所以他会想要先封住大岛的嘴。之后，鸟羽田冴子的存在让他越发感到不安，最后发展成只能两个人都杀掉的局面。的确，从第三者的眼里看，

这确实有些不合逻辑，但是，对于一个杀人魔来说，不冷静的情况
有很多。"

"这一点我理解。不过，我在想，大岛会不会是因为别的理由被
杀的？"

"你说的别的理由，是指什么？"

"比如说，其实大岛才是真正的共犯？"

"大岛幸代，是惟道的共犯？"

"虽然说，她自称目击了陷害我的人，可这没准一开始就是谎
话也说不定。可能实际上并没有什么女生往我的手提包里偷偷塞书，
是大岛幸代捏造了一个虚幻的女生，冤枉我偷书，把我带进里面的
房间。她趁着查我的手提袋的时候，顺手往里面放了一本书，然后
再从中拿出就好了。这就是最简单的陷害我的方法。"

"原来如此。"

"对吧？大岛幸代被杀，没准是因为她本人就是共犯，这样就说
得通了。"

"可是这样的话，惟道又是怎么提前预测到你会去书店的呢？"

千帆呻吟起来。的确是这样。那一天，她去佳苗书店调查，完
全是偶然性的，也绝对不是受人指示。就连她自己在那之前也没想
到自己会去书店，而惟道是不可能提前预测到这种发展的。

既然进入书店是千帆本人的选择，那么那家店的店员就不可能
是惟道的共犯。除非那条街上的所有女店员都和惟道有关系……可
是这种恐怖电影里才有的情景，现实中是不可能发生的。

"有没有可能是这样的——抓到我的女店员，正好认识惟道？"

"你是说，惟道和大岛幸代本来就认识吗？这也不是不可能。不
过这样，也还是解释不通。他是怎么在进入书店之后，和她暗示表

达自己的意思，使她成为共犯的呢？"

"不，"千帆叹息道，"当时他没有这个时间，绝对没有。我一直在注意他的动向，如果他和店员接触过，我马上就能发现。"

"也就是说，如果惟道真的有共犯，那么他应该是在进入佳苗书店前和此人接触的。你说惟道尾随你，一开始只是碰巧和你同路，我想这个思路没错，所以他应该也没办法提前和共犯打好招呼。那就是说，他可能是在商业区的时候，碰到了他的诱饵。又或者是倒过来，他是碰到了诱饵后，才想到可以冤枉你的点子。这么解释，可能是最合理的吧。"

"嗯，我也这么想。"

"那么这个诱饵，就是他班上的学生，可能是鸟羽田冴子吧。至少，比起大岛幸代和惟道早就认识的想法，这样的可能性更高一些。"

"没错。那么，惟道是凶手？"

"从被害者的立场来看，鞴吕木惠和能马小百合是因为杀了琳达，心里有愧。而鸟羽田冴子，这只是我单纯的想象，她也许暗暗喜欢惟道晋吧，所以才会成为他的共犯。可是这么说，我自己都觉得有些奇怪。但是，惟道的确值得怀疑，毕竟他之前配过女生宿舍的钥匙。"

"那么在这几起事件中，他的不在场证明如何？"

"这个啊，"菓从沙发上站起来，"咱们去呼吸点外面的空气吧。"

"为什么要来这里？"

当天十分寒冷。菓带着千帆外出，来到了清莲学园所在的河边。

现在，千帆和菓一起站立的地点，就是从惟道晋的公寓大概一分钟走得到的地方。菓特意把自己带到这里似乎有什么深意——千帆想道。

恐怕菓还不知道，这条河对千帆来说有着重大意义。这就是她丢弃那只鞆吕木惠从奶奶那里得来的，装有剧毒的小瓶子的地方。

"说起来，我最近没怎么见到砦木啊？"

"那家伙，好像想到了一些线索，正在一个人四处调查呢。"

"说起来，上次关于'监视'女生宿舍的地点的事，也是他自己想出来，跑去调查的。"

"他现在可是比以前聪明多了，还干劲十足，好像拼命也要破案的样子。可能是因为，这案子是发生在他的母校吧。"

"他是清莲学园毕业的？"

"看不出来吧，他还是个大少爷呢。不过砦木的话题就到此为止。我听说，你要去外地的大学念书了？什么时候出发？"

"明天。难道你是来这里特意和我道别的？"

"是啊，是该好好给你送个行啊。不过，我们回到刚才的话题吧。关于怀疑惟道的事，还有他的不在场证明。你想知道这些吧。他现在声称，这几起事件，他全部都有不在场证明。"

正如菓所说，现在警察正在怀疑惟道晋是否就是清边学园女生连续被害案的凶手。虽然动机还不明确，不过惟道在新年时趁着宿舍无人，在附近的五金店偷偷配了钥匙，这一点是让警察怀疑他的决定性证据。

"惟道承认他的确偷配了钥匙，不过他说那只是一时起意，并非打算杀人使用。"

"一时起意啊，呵呵。"

"到底是对什么起意呢？"

这个"起意"具体指的是什么，千帆确信，这个目标就是自己。

"我刚才说过了，惟道主张自己在三起事件中都有不在场证明。"

"三件……那么那起主妇和幼童被害案呢？"

"那起案件，现在还没有显示出与另三起事件的明显关联性，搜查本部更趋向于将这起案件区别对待。所以三月十六日的事件，我还没有问过惟道。"

"这样啊……"

"所以，现在惟道所提出的不在场证明，只有清莲学园女生连续被害案有关的。另外，他的不在场证明也有些奇怪。"

"奇怪？是怎样的呢？"

"先是二月十八日，鞣吕木惠被杀案。惟道说，他在放学后，先去吃饭，又去打柏青哥^①，没有一个可以完全确定时间的地方。不过他在十一点十分回到了公寓——他是这样主张的。不用说，十一点十分，就是鞣吕木惠被害的时间。"

"我听说，从惟道的公寓到女生宿舍，开车要二三十分钟吧。"

"差不多是这样。如果不堵车就是二十到三十分钟，堵车则要更久。"

"这么说，如果他十一点十分真的在公寓，不在场证明就成立了。"

"他本人是如此主张的。他说他在上楼梯时看了手表，的确是十一点十分。"

"可是他要怎么证明呢？难道有人当时和他在一起？"

"不，他是一个人。不过他说，他和某个人擦肩而过。"

"某个人？"

"他说他上楼的时候，那个人正在下楼。"

---

① 一种赌博游戏，国内又称为爬金库，发源自欧洲的撞球机。

"是男的还是女的？"

"看不出来。对方戴着宽大的帽子，穿着宽大的外套。"

"可是，这不是根本判断不出来是谁吗？"

"没错。不过此人有一项决定性的特征。"

"决定性的特征？"

"此人提着一个纸袋，里面装着像是威士忌酒瓶一样的东西。"

"可是纸袋是包起来的，他怎么知道里面的是威士忌酒瓶呢？"

"其中的一个理由是对形状的判断，同时，他和此人擦肩而过时，闻到此人身上有强烈的酒气。"

"酒气？"

"像是威士忌酒。那个味道已经强烈到让他禁不住扭开头的程度了。一眼看过去，感觉此人是直接对瓶嘴儿喝了酒，然后在马路上晃荡的人。"

"不但不知道是谁，而且还是个酒鬼。这上哪里去找呢？"

"惟道说，虽然他自己也不知道为什么，不过总觉得有些在意此人，所以跟踪了对方。"

"跟踪，那么这个人去了哪里？"

"此人来到了附近的河边——"菓摊开双臂说道，言下之意，即这就是我带你来这里的原因，"对方似乎打算在这里坐着喝酒，跟到这里，惟道就停止尾随，回到了公寓。接下来——"

"接下来？"

"这个人突然做出了奇妙的举动。"

"奇妙的举动？"

"对方取出纸袋中的东西。惟道看到，那就是和他预想的一样的，看似威士忌酒瓶的东西，因为太黑了，所以他看不太清楚。不过总之，这个谜一般的人物，将酒瓶的盖子打开，把瓶子倒过来，将瓶里的东西倒进了河里。"

"威士忌酒瓶里的东西……"

"没错。惟道吃了一惊。他本打算回去，却留步继续观察起来。此人将酒瓶放在河里，用河水清洗了起来。之后，他又把瓶子放在河边，离开了——这就是惟道目击到的情景。"

"之后呢，惟道又做了什么？"

"在好奇心的驱使下，惟道等此人离开后，走到对方当时所在的地方，看了看被留下的瓶子。他用打火机照明，确认那是苏格兰威士忌的酒瓶。因为惟道自己也喜欢喝酒，所以他也总买这种酒。"

"他喜欢的类型？"

"没错，这也有点奇怪。此人身上都是酒气，应该是个爱酒之人。那又为什么要把高级的威士忌倒掉呢？如果说里面装的并不是真正的威士忌，可此人身上的酒味又确实没错。"

"酒味？如果此人真的将瓶中的东西倒入河里，又将瓶子清洗干净，那身上又为何会有酒味呢？"

"威士忌的味道是相当强烈的，哪怕把它倒掉，之后可能也会散发出一些气息，地上也会留有这样的味道。"

"所以说，瓶子里装的，仍然是真正的威士忌吧。"

"惟道最后得出结论，认为此人是喝醉了，才做出这样的举动。"

"这就是他的不在场证明吗？"

"没错，所以他让我们去找这个谜一样的人物，如果能确认这个人确实如同他看见的这样行动了，那么他的不在场证明就成立了。顺带一提，此人和惟道一样，在楼梯上和惟道擦肩而过时，也看了一下手表。所以，此人应该也记得时间——"

"菓先生。"

"怎么了？"

"请问……为什么要告诉我这些？"

"哎呀。你不是想要知道事件的详细情况吗？你大概是想调查清楚，以慰鞆吕木惠的在天之灵吧？"

"没错。可是这一次，我没有拜托你，你却特地来我家告诉我这些事——"

"我已经说过了。你马上就要去外地上大学了吧，所以我想，在那之前把这些说清楚。"

"可是为什么呢？这明明是调查机密吧。"

"你觉得是为什么呢？"

菓眯起让人有些眩晕的眼睛，注视着千帆。他的花白头发随风飘动，看起来像是又老了几岁，而之前看起来黄浊的眼底，现在也感觉像是春天的河水之色。

"……我不知道。"

这是千帆自从碰到菓以来，第一次自己先移开眼神。

"说出这种话，可不大像你啊。"

"可是……刚才不是说，那个谜一般的人，已经喝得烂醉了吗？所以，哪怕你们找到了这个人，对方可能也不记得自己做过什么事了。"

"也有这种可能性。不过不管怎么说，现在还没有找到这个人。"

"那么，惟道的不在场证明，还是不成立——"

"这倒不是。"

"咦？"

"一方面，在惟道所说的地方，我们确实发现了空的威士忌酒瓶。

164

不过不管是谁，都有可能在这里丢个酒瓶，所以也说明不了什么。"

也就是说，也有可能是惟道本人特意放置的——

"实际上，除了惟道以外，还有其他人也看到了此人。"

"是在二月十八日吗？"

"不、不是这样。"

"不是？"

"关于二月十八日的事，现在只有惟道一个人说是目击到了这个神秘人物。"

"二月十八日……这么说……"

"不过在二月二十日，也就是能马小百合被杀的晚上十点半。和之前一样，惟道又在公寓的楼梯上与此人擦肩而过。"

"……什么？"

"此人的服装、拿的纸袋，和十八日几乎完全一样。惟道抑制不住好奇心，再次跟在了这个人的后面。而后，就像我刚才说明的，此人又重复了和之前一样的行动——就是这么回事。"

"二月十八日之后……二十日又发生了同样的事？"

"二十日这一次，除了惟道以外，还有别的目击者，就是住在附近的主妇们。此人戴着宽大的帽子，穿着宽松的外套，拿着纸袋。主妇们注意到了此人，不过没有像惟道那样跟踪就是了。后来，河边也发现了两个空酒瓶。"

"难道说……惟道关于第三起事件的不在场证明，也是这样的？"

"不，关于三月十八日的事件，他提出了别的不在场证明。十八日，你也知道是清莲学园的结业式，从下午三点到五点，市内的酒店宴会场，教职员工和一些家长开了联欢会。当时惟道出席了这个活动，有很多人都看到了他。不过因为那场活动是站立式聚会，所以他有可能在宴会途中偷溜出去也说不定——"

DETECTION 1

"——那，差不多就是这样了。"

高濑千帆挨个儿看向大学的朋友们。在这次聚会当中，她终于将关于在河边倒掉苏格兰威士忌的神秘人物的故事讲完了。

"关于这个神秘人物的行为，大家是否能够合理地说明呢，这就是我的'出题'。"

"等一下，"插嘴的人，是将自己的房间提供出来，作为这次聚会场地，被称为漂撇的边见祐辅，"也就是说，他不是因为单纯的醉酒，才做出这么奇怪的行为？"

"这个问题有点犯规哦。请把嫌疑人所主张的不在场证明是否真实也作为问题，一起包含进去考虑。"

"可是，你——"

"嗯，如果这样的话，那么就必须详细地说明有关杀人事件的情况了。"

此时，千帆还没有对大学的同学们详细说明过清莲学园女生连续被害案的事，也没有说出过惟道晋的名字。因为她自己也不知道要怎么来说明事件比较好，特别是不知道要怎么说明，第一个受害人鞀吕木惠和自己的关系。

所以她没有详细回顾案件，只是作为酒席上的余兴节目，说起了一起杀人案的嫌疑人提出了这样的不在场证明，让大家分析是怎么回事。

"关于杀人事件的说明，要说清楚恐怕会很复杂，所以为了避免麻烦，我就直接告诉大家解答的一部分吧。第一，嫌疑人（也就是指惟道）的不在场证明是真实的。而他所目击的人物的行为，也有合理的意义。请以这两点为前提来思考。"

这是她在安槻开始生活的第二个冬天，现在，千帆是安槻大学的二年级学生。

这一天是十二月二十九日。平时总是聚在一起喝酒的朋友们，到了这个时候，酒精摄取量已经严重超标。不过今年的圣诞前夜，发生了一起以刚才发言的边见祐辅的朋友为中心的案件，大家受此影响，所以低调了不少。就连爱热闹的祐辅，也没有什么喝酒聚会的心情，安分了好一阵子，直到事件趋于平静，才又开始按捺不住心中的酒瘾。如果这么安静地迎接新年，总觉得少了点儿什么，所以他才请了还在学校里的朋友们，在回老家之前他家里再聚一次。因为此时学校里已经没有什么学生了，所以这次聚会，加上祐辅自己也只有四人。

千帆抓住这次机会，装作若无其事，以猜谜的形式详细地说明了苏格兰威士忌的谜题。可是在她心中，却有一股复杂地情感。

自那起事件之后，已经过了接近两年，她还没有听到老家那边传来凶手落网的消息。

千帆从未忘记过这起事件，可是她的潜意识里，却努力不去想这件事。对于她来说，只有这件事让她无法冷静地思考。如果要客观地调查，必须要对事件拉开充分的心理距离，因为事件在她心中的印象越是鲜明，她就越是无法冷静思考。

从那之后过了两年。差不多也该到了可以冷静下来，客观推理的时候了吧。难道说，事件在千帆的心中已经"风化"了吗？

还没有。如果这样下去，不管过多长时间，都还是不行……千帆产生了这样的危机感。

年末，千帆产生了是否要回老家过年的困惑。去年的正月，是她刚上大一那一年，家里人让她回家。可今年她还没有决定。一方面，她不想和父亲见面；另一方面，好不容易对事件拉开了心理距离，恐怕一回家，又要陷入模糊状态，她感到了这种深刻的恐惧。

如果要回家，自己就必须现在做决定了。她被这样的焦躁感驱使着，这样下去是无法前进的。如果一直以这样暧昧的心态回到老家，她的心理距离就又会和以前一样，她也就无法忘记小惠……她害怕的是这一点。

要怎么办好呢？想来想去，千帆想到了这群在安槻大学认识的朋友们。她想到，可以先不讲整个案件，只是提出苏格兰威士忌的谜题。只要大家都以解谜的愉悦心情对待，她自己也能从积极的意义上，站在客观立场且拉开心理距离吧。她不知不觉地这样期待着。

"这个嘛，且先不说倒掉酒瓶里的东西的事，之后还特意清洗瓶子她也就这一点，我觉得很在意！"

被大家称为小兔的羽迫由纪子，有些奇怪地望着自己双手捧着的保温杯，保温杯里装着加了热开水的苏格兰威士忌，正是刚才千帆所说的那种苏格兰威士忌。因为是本年的最后一次聚会，所以祐辅发挥主人精神，拿出了这种高级酒来，这也是诱发千帆说出此事的要因之一。

"不光如此，"祐辅把自己亲手做的菜分到大家的盘子里，"不光是一天晚上，为什么这个人会重复这样的行动呢？"

"我明白你的意思，总而言之，如果这个神秘人物本身的目的，就是把什么倒掉的话——"

咦？咦？由纪子就如同她的绰号，像一只兔子一样转着眼睛，向上望着千帆，像是用眼神在说给我点提示嘛，还靠在了千帆的肩上。不知道是不是因为喝醉酒，她的眼睛也已经像苹果一样红了，平时看起来特别显小的小兔还扎着个马尾，看起来就像是脸红的小学生一样。

凑过来的小兔头发上的味道，刺激到了千帆的鼻腔，让她突然想起了小惠。

"对了，没错，此人的目的，正是倒掉这些东西。"哪怕是在大冬天也把酒精当成必需品的祐辅，从冰箱里拿出酒来，倒进酒罐里，"问题是，这个行为的目的是什么，还有，为什么还要特意清洗瓶子呢？"

千帆有些感慨地看着祐辅，她认识这个男人已经有一年多的时间了。

本来打算绝对不在大学里交朋友的千帆，和小兔还有其他朋友的交流，全都是拜这个男人所赐。不管千帆怎么封闭心灵，这个男人都有办法让她敞开心扉。不，也许这种说法会招致误解。祐辅绝对没有强行打开千帆的保护壳，这也是他和千帆之前所认识的男人相比，最不同的一点。

祐辅是个颇能死缠烂打的男人，不管对方的感受，就自顾自地开始把对方拉入自己的"朋友圈"，还把自己的房间作为邀请朋友们聚会的场地，这也是他特意租了一家独门独院的房子的原因（虽然因为房子太破，房租并不高）。不过，这种态度并不是会干涉到别人的那种类型。在千帆看来，祐辅数次找她搭讪，不管她是如何反应冷淡，对方都没有尝试去打开她的保护壳。这一点，是他和其他人最大的不同。

简单地说，祐辅不是强行打开保护壳，而是接受它本身的存在。在他的影响下，千帆现在也比以前变得平易近人了不少，但祐辅并不会得寸进尺。所以千帆认为，自己可以信赖对方。

信赖……这是一个与自己多么不相称的词啊。千帆从心底里这样想着。就连小惠，千帆也没有做到完全信任——和祐辅，以及通过祐辅认识的朋友们相比。

"清洗瓶子的理由吗？也许这个人特别爱干净吧。"

"什么？你在说什么傻话呢，小兔。再怎么爱干净，也没有必要去清洗原本就打算扔在河边的瓶子吧。"

"咦，是这样啊！"

"没错。"

"所以啊，实际上，那个人确实清洗过瓶子后再扔掉啊。"

"所以说啊，我们就必须得考虑此人这么做的原因。"

"那学长是怎么想的呢？这个人为什么要把准备扔掉的瓶子特意清洗一遍呢？"

"这我就不知道了。会不会是，如果就这么扔掉瓶子，那股威士忌的酒味就会留在那里，而此人并不希望这样呢。"

"也就是说，如果那个地方飘散着威士忌的味道，就会对神秘人物造成困扰？"

"有这个可能，这也是一种想法。"

"虽然如此，不过学长，你说有酒气就会产生困扰，具体是怎么回事呢？"

"这个……"祐辅抱起胳膊想了想，突然抬起头来，"对了，高千。"

高千这个绰号，是她上大学以后同学给起的。她之前可从没想过自己会被安上一个如此普通，像是小孩子一般的外号，也没想到自己平常会被人这么亲切地称呼，这是在她高中时代做梦都不敢想象的。而给她取这个名字的主人，自然是眼前的这个男人。

"怎么了，小漂？"

不知道是不是为了对自己被起外号的事进行反击，千帆也将祐辅的外号漂撤擅自改成了小漂，作为简称。

"这个谜题，是有正确答案的对吧？"

"那当然。"

"那么，如果有人答对，会有奖品吗？这样我才能努力，继续想出好点子啊。"

"好啊，你想要什么奖品？"

"这个就由出题者决定吧。"

"这样啊……"借着稍微有点酒劲，千帆产生了恶作剧心理，说道，"那，答对问题的人，可以得到我一个祝福的亲吻。"

"哎呀，"慌忙探出身的祐辅，把被炉上放着的啤酒都晃得洒了出来，却来不及擦拭，"真、真的吗？啊……不，等、等一下。"

"怎么了？"

"虽然你这个以自己为礼物的提议不错，可是不管再怎么喝酒，这也不太像你的风格啊。而且，这不是高千最讨厌的嘛。怎么了你这是？"

"我说啊，学长，别勉强了吧？"小兔白了祐辅一眼，"你就别打肿脸充胖子了。这可不像学长你的作风呢。"

"小兔，你别看我这样，我最近可是洗心革面了呢。"

"洗心革面？要我说，还不如叫突然变异呢。"

"好啊。其实要说做人,这种行为还是很重要的。虽然隐藏自己的感情很愚蠢,可是人生的意义,不也就是忍耐嘛。"

"咦?有这回事吗?!"

"有啊,这是我亲自感悟到的。所以啊,请还是用别的东西当作奖品吧。"

"哎呀,好吧,"千帆轻轻抱住了她身边微微笑着的小兔,"好吧,我知道了。"

被亲吻的小兔一开始吓了一跳,不过马上就配合地闭上眼睛,也回抱住千帆。"哇!"

"哎呀哎呀,我刚才说什么来着,你们的关系还真够奇怪的。日本的将来交给你们这种人,真的没问题吗?"

"随你怎么说,"小兔白了祐辅一眼,"再说了,这又不是奖品,你还有什么可抱怨的?"

恋爱的层面上,小兔对女性并没有兴趣,但她确实喜欢着千帆,这和同性恋没有关系。所以她才能在酒席上,天真无邪地和千帆做出这种事来。

遇到小兔之后,千帆才意识到,自己也许并非同性恋。当然,就算是"纯粹"的女同性恋,也不会随便和哪个女性都可以恋爱。可是,千帆对像小兔这么可爱的女孩,却不抱有恋爱感情,这让她感到很诧异。小兔的可爱之处让千帆觉得爱怜不已,但是这种感觉却和恋爱的感情不同——至少,和她对小惠的情感完全不同。

在之前的生活中,千帆一直深信小惠能吸引自己,是因为她是女性的原因。可是,现在她却发现,这似乎并不正确。哪怕"鞆吕木惠"是个男生,她也会喜欢上对方。她来到安槻之后,更加确信了这一点。所以,她喜欢的对象只是"个人",而并非以性别加以判断。

讽刺的是，千帆好不容易才意识到自己性取向是异性恋，可在安槻大学的校园里，大家都把她当成了女同性恋。明明并没有人特意宣传，谣言就是这么可怕的东西吧。不过，被人当成女同性恋也好，现在的千帆已经学会柔软地接受这些东西了。并不是指她不在意，而是在她的朋友里根本没有人在意这些。就算是同性的小兔也一样。

"可是，"千帆一边帮小兔取下沾在她嘴边的番茄碎屑，一边说道，"也有一半算是奖品的意思吧。"

"咦？"

"刚才小兔，提到了很重要的一点。"

"真的吗？咦，是什么呢？因为爱干净所以清洗瓶子——是这个吗？"

"虽然这不是正确答案，不过你想的方向应该不错。"

"我呢？"祐辅为了刚才自己的"良知"而拒绝千帆将亲吻当成奖品的事大为后悔，"我的思路不对吗？"

"你是说不能留下酒味？就方向性而言，虽不中亦不远矣。"

"真的？那，那——"

"啊，不行、不行不行不行，真是的，"小兔将千帆拉到自己背后，气鼓鼓地按住祐辅，"不准靠近高千。"

"啊……啊，"祐辅终于擦干净了洒出来的啤酒，整个人趴在被炉上，"真是的，就差一点啊。我刚才真不该打肿脸充胖子——嗯？"这时千帆离开小兔，"怎么了？从刚才开始，某人就特别安静，难道是睡着了？"

"哎呀，醒醒，匠仔，"祐辅粗暴地摇晃着旁边几乎已经趴到被炉里的朋友，"怎么这么快就挂掉了，这可不像你啊。快点儿，起来！"

"啊、啊。"

被称为匠仔的匠千晓，虽然只抬起了头，可是他的眼睛还没有完全睁开。

"啊什么啊，真是的，你要睡了吗，你根本没怎么喝吧？"

"不是，这个啊——"匠用两手揉着眼睛，"因为我昨天晚上根本没怎么睡觉啊。"

"可现在也不是睡觉的时候啊。你快起来，和我们一起想想刚才高千提的谜题。"

"咦，什么……"

"喂，你该不会说，你刚才根本没听到吧。"

"啊，不、不，我听到了。我很清楚地听到了，真的。是、是什么来着，对了，是苏格兰威士忌的事吧？"

"你是在睡觉的时候听到的吗？还真是厉害啊。"

"那是半梦半醒啦。"

"好了好了，那你就说说自己的意见吧。"

"好。"

"喂，"啪嗒，只见匠的脑袋再次低了下去，祐辅伸出手来，再次捧住他的脸，"好什么好。"

"好好好，"匠揉着眼睛，好不容易直起了上半身，"我想想，刚才的问题是为什么神秘人物会倒掉苏格兰威士忌吧？"

"没错，你认为是为什么呢？"

"这个嘛。倒掉酒的理由，只有一个。对于人类来说。"

"对于人类来说？是什么啊？是普通理由吗？"

"不就是因为不喝酒了嘛。还能是因为什么原因。"

"不喝酒了？"

"这是我曾祖父的故事了。"

175

"嗯嗯。"

"我的曾祖父啊，是个爱酒之人。他是个做手艺活的，技术很好，在他不干活的时候每天就光喝酒，不干别的。"

"不愧是你的祖宗啊。"

"对此感到不满的曾祖母，终于有一天和他大吵了一架。"

"喂，匠仔，你等等，这个故事，能得出你刚才说的结论吗？"

"所以啊，我说的就是倒掉酒的故事。"

"好吧，然后呢？"

"然后啊，妻管严的曾祖父，因为吵不过曾祖母，所以最后只能发誓，说自己再也不喝酒了。而曾祖母也对此一再确认，喂，你真的再也不喝了吗？曾祖父拍着胸脯保证，说我知道了，绝对不会再喝了。听到此话，曾祖母就把曾祖父喝到一半的一瓶酒，还有一瓶完全没开封的酒一起拿出来，打开后，全部倒进了前门口的水沟里。"

"哇！"祐辅脸上抽动着，好像是把芥末放进冰激凌一起吃下去的感觉，"什、什么，那不是暴殄天物吗？"

"曾祖父当时才二十几岁，看到这一幕，都吓得差点儿昏过去。"

"的确如此。如果换了我，一定也会心脏麻痹吧。"

"他靠过去对曾祖母说，你到底想干吗？曾祖母不慌不忙地说，你刚才不是说，你再也不喝酒了吗，还发了誓。所以这酒已经没用了。"

"居、居然说出这种话啊，"祐辅此刻，似乎是把千帆当成了那个曾祖母，一脸不高兴地说，"这简直跟杀生一样啊。"

"后来，年迈的曾祖父在弥留之际，似乎是想说些什么，在一旁的祖父问他想说什么。曾祖父只说了一句——当时那些酒，真是浪费了啊……"

"呜呜，"祐辅擦掉眼角的泪，像是快要哭出来一般，"呜呜……"

"他就这么说着，静静地离开了人世。就是这样。"

过了好一会儿。

小兔焦急地伸出手，拉住匠仔的衣服问："——然后呢？然后呢？"

"咦，什么然后？"

"结尾是什么？"

"结尾？没有结尾啊。这个故事就这么结束了。"

"啊？什么意思啊？这算啥？"

"所以啊，我都说了这就是个把酒倒掉的故事。"

"那这和高千的问题，有什么关系？"

"共同点都是倒酒嘛。也就是说，这个神秘人物，可能是把不喝的威士忌倒掉，就是这么回事。"

"为什么不喝了啊？"

"这个嘛，就不好说了。不过我想，会不会是里面下了毒什么的——"

"咦？下、下毒？"

"你怎么突然说出这个了，"祐辅一脸吃惊地和小兔对望了一眼，"你怎么突然说出这么吓人的话？"

"不，我这么说是有原因的。"

"是什么？"

"我刚才就说了，关于为什么要清洗瓶子的问题，如果瓶子里的东西有毒，这一切就合理了。也就是说，这个神秘人物是将下了毒的威士忌倒掉了，之后又把瓶子放在了河边。但是，就这么直接放在那里，如果有什么流浪狗去舔，或者是小孩子拿着玩的话，可能会造成麻烦，而这个空瓶就有可能被警察调查。为了避免这种情况，所以神秘人在离开前清洗了瓶子。"

"稍等一下。如果酒里真的有毒，那么为什么要在清洗前倒到河里呢？这样的话，河水不就有毒了？用这种水洗的话——"

"如果多洗几次，毒性就会变弱吧？我也不是太清楚。不过河水毕竟是流动的，比起完全不洗，还是清洗一下危险性要小一些。"

"可是，为什么这瓶苏格兰威士忌里会有毒呢？"

"会不会是神秘人物原本有什么毒杀计划呢。此人原本计划杀害某人，所以事先准备下了毒的威士忌。先不论他准备的是什么毒药，总而言之，是喝下就能致命的毒药。可当此人打算实行毒杀时——"

"可是，这人途中改变了主意，自己倒掉了下毒的威士忌——你想这么说？"

"没错。虽然准备好了毒药，可是突然害怕起来，然后就慌慌张张在夜里把毒酒偷偷倒掉。可是这个神秘人物，因为实在是太恨对方了，所以打算再实行一次毒杀计划，用同样的方式毒杀对方，所以又准备了一瓶下了毒的苏格兰威士忌——会不会是这样呢？"

"虽然又准备了毒酒，可是最后又因为害怕，而第二次倒掉了酒吗？"

"那么，此人最后也没有成功实施毒杀计划，这件事也不了了之了？"

"此人如此优柔寡断，有点像匠仔啊。"

"是吗？如果是我，哪怕真的想杀人，也不会随便浪费威士忌的，而且还是这么高级的类型。"

"咦，说起来啊，"小兔一边笑着，一边又给杯子里满上酒，递给祐辅和高千，"匠仔和学长，与其给酒下毒，还不如自己把酒喝掉。"

"那是自然，"祐辅仰着头喝了口酒，"我会全部都喝掉的。"

"让我们回到刚才我说的曾祖父的话题上吧。这种点子，只有不喝酒的人才能想出来的。因为我曾祖母自己不喝酒，所以她才能爽快地把酒倒掉……咦？"

"怎么了？"

"稍等一下。我说高千啊，"千晓面向千帆的方向说道，"刚才我睡得迷迷糊糊的没听清楚。刚才你说那个神秘人物身上，是带着酒气的吧？"

"没错，我是说过。"

"这么说……此人是喝了酒吗？这样的话，我可是全都搞错了。不过等等、等等。"

"我们等着呢，"祐辅把自己罐子里的啤酒又倒进千晓的杯子里，"虽然根本不知道你这家伙在自言自语些什么。"

"让我再从最开始想一下，为了方便起见，我们就管这个倒掉苏格兰威士忌的神秘人叫 X 吧。我们先以 X 倒掉的威士忌确实被下了毒，作为前提来考虑。那么这个 X 本人，会不会实际上是被下毒的人，也是差点就被杀掉的人，有这种可能性吗？我想是不是应该先确认这一点——"

"喂，这怎么可能啊，"祐辅马上就否定了起来，"如果 X 知道自己的威士忌里被下了毒，应该会报警吧。哪怕 X 不想报警，也没有将这东西特意扔到河里的必要。"

"没错，所以才必须在那里啊，学长。"

"哪里？"

"为什么 X 要把威士忌倒进河里，恐怕这就是问题最大的关键点所在。"

"最大的关键点？"

"一般来说，苏格兰威士忌应该是放在室内的吧？"

"那当然，不会有人放在阳台吧。我以前在英国诺丁汉时，曾经把冰箱里的罐装啤酒拿到极寒的室外去冷冻。不过除了这种特殊情况，一般来说，酒还是放在屋里的。然后呢？"

"为了处理掉瓶子里的酒，为什么一定要倒到河里呢？如果本来酒是放在家里的，不能往厕所里直接倒掉吗？"

"这个嘛，"小兔探出身子说，"X是不是担心，如果把毒酒倒进生活排水里，会不会真的很危险啊？"

"所以，那不是应该也不能倒进河里吗？"

"咦——"小兔眨了眨眼睛，"这样啊——说得也是。"

"我们之后再详细检证这一点，总之，我们先记住一点，那就是X来到河边倒掉毒酒是有特别理由的。接下来，我们必须考虑的是，如果X不是被杀的人，那么X是计划下毒的人吗？学长，你觉得呢？"

"这是当然了。"

"你为什么这么想？"

"因为X倒了酒啊。此人知道酒里下了毒，知道这一点的只有凶手吧。不，在这起事件里，因为没有成功下毒，所以用凶手形容可能不太恰当。"

"那么，如果计划下毒杀人的是X，那么，X想杀的对象就叫A吧。接下来，我们要考虑的，是X和A是否住在一起。"

"是否住在一起？也就是说，X和A是夫妻？或者亲子？还是兄弟姐妹什么的？"

"不，我问的只是单纯的——两人是否住在同一所房子里。哪怕只是单纯的合租者也无所谓。那么，学长，关于这一点你怎么看？"

"嗯……"祐辅喝光了杯子里的酒，又再次给自己满上，而后沉思了起来，"我想应该不是。"

"为什么呢？"

"因为 X 的服装。据说 X 戴着宽大的帽子，穿的衣服也很宽松，分不出男女，对吧？这么想的话，这个人显然是在变装。也就是说，X 因为不想让公寓的人，以及住在附近的人目击到自己的样子，才打扮成这样。因此，X 并不是和 A 同居的人。"

"也就是说，X 走下楼梯的公寓，也就是目标 A 所住的地方，你的推理是以此为前提的吧？"

"没错。我想 A 多半就住在公寓的二楼，所以 X 才会拿出有毒的威士忌，走下楼梯。"

"所以如果 X 不是和 A 同住，可此人如果是那所公寓的住户，X 也无须做这种打扮，对吗？"

"我是这么想的。X 既不和 A 同住，也不住在同一所公寓里。应该是住在其他地方的。"

"你这么考虑，是由一个前提导出的。"

"什么前提？"

"那就是 X 要下毒，就必须去 A 的房间。如果在极端的情况下，甚至不得不偷偷潜入进去。"

"没错啊，如果不是同居关系的话。"

"那么，X 是正式访问的 A，还是偷偷潜进去的呢？"

"这个嘛，都有可能吧——"

"你在说什么呢，学长，"小兔插嘴说道，"肯定是偷偷潜进去的吧！"

"咦？你为什么这么说？"

"因为至少 X 在回收毒酒的时候是偷偷潜入的啊。如果能够通过正式访问到 A 家的话，就不需要做变装打扮了吧。"

"啊，说得也对。"

"咦，这就是说，X 是有 A 的房间的钥匙咯？或者是知道 A 的备用钥匙放在哪里。这样一来，要下毒的话，还是趁 A 不在家的时候，偷偷溜进去比较方便，至少是比正式拜访更不容易引起 A 的注意。"

"原来如此。没错，你说得对。X 是偷偷潜进 A 的房间里的，对吧，匠仔？"

"是的，然而，X 下毒的是原本 A 的房间就有的，已经开了封的一瓶苏格兰威士忌。"

"这是自然，"小兔默默吃掉一片祐辅亲手做的牛肉起司卷，"如果不是 A 本人买的酒，突然出现在自己的房间里，这一定会很奇怪吧。A 一定会警觉，更别提什么毒杀。同样的道理，如果是没开过封的酒，X 应该也不能随意打开。"

"也就是说，X 在 A 的威士忌中下毒之后，改变了主意，回到 A 的公寓，把有毒的威士忌拿走。当然，在回到公寓的路上，X 必须要去某一家店。"

"某一家店？啊，对了，让我来说，"祐辅得意地说道，"是酒馆吧。"

"没错。"

"因为是晚上，一般的店铺都关门了，所以去了有贩售许可的便利店也说不定。X 在那里买了一瓶和自己所下毒之酒同样的威士忌。这是为了防止自己处理掉毒酒后，A 察觉到家里少了瓶酒，而买新酒取而代之。"

"没错。拿着新的威士忌回到 A 的房间后，X 却不能简单地把酒换掉，必须要调节酒的多少。"

"调节酒的多少？"

"X下毒的威士忌，是A已经开封的酒瓶，刚才我们也说过了。所以，不知道那瓶酒已经喝了多少，不过X在换成新酒后，必须要把酒的分量调节到和原来那瓶一样才行——"

"啊，原来如此。不能只是开封，不然A回来时，发现酒的余量和之前不同，就糟糕了。"

"为了调节那瓶新的威士忌的多少，将它倒掉是最简单的。但是X却并没有倒掉，而是自己喝掉了。"

"喝掉？为什么要这样——啊，对了，X在楼梯上被人目击到的时候，被说是带着一身酒气，而且是威士忌系的酒味。"

"所以只能这么考虑。不过，有点奇怪啊。"

"哪里奇怪了？"

"为什么，X为了调节酒的多少，要自己喝下去呢？A住的应该是个普通公寓吧，那不能把酒倒进厕所吗？"

"可能只是想喝就喝了吧。X可能是个爱酒之人，像你的曾祖父一样，不忍心白白地把酒倒掉。"

"我也这么想过，不过……"

"难道不对吗？"

"X是爱酒之人这一点，也许没错。不过就算再喜欢喝酒，自己也不可能把下了毒的酒喝掉的吧。"

"那当然，喝了不就死了。"

"所以，只能选择把酒倒掉了。可是，为什么X不把酒倒在当场呢？刚才你也说了，A的房间厕所就可以倒酒。那么为什么X要特意离开公寓，跑到河边呢？"

"这一点啊，你应该试着从X的立场去想想。X偷偷潜进A的房间，不知道 A 何时就会回来。所以换掉瓶子之后，X 一定会着急离开，离开之后再去处理那瓶下了毒的威士忌。这不是理所当然的吗？还有空瓶的问题。虽然也不排除，A 的房间里本来就有很多个空瓶子的可能性，不过 A 也难保不会不记得空瓶的数量。所以，X 不能把空瓶留在 A 的家里，而必须去外面处理掉，既然这样，那倒索性连毒酒也一起拿走处理了。"

"就是这样。不过，X 也不能在那儿悠闲地喝酒吧。"

"这可不一定。如果需要减掉的酒的量不大的话，X 可以一口闷进去，这花不了多少时间。哪怕需要减掉不少酒，X 也可以硬着头皮先咽下去，剩下的再倒掉。虽然有些痛苦。"

"也就是说，X 喝下的威士忌，其实并不多吧。可是，目击者却说，在楼梯碰到此人的时候，X 身上的酒味大到让人侧目。如果只喝一点的话，是达不到这种程度的吧。"

"的确如此，如果只是稍微喝一点是达不到这种程度的。可是，如果 X 在这之前已经喝过酒的话，就不是这样了。"

"你是说，在 X 进入 A 的房间回收下了毒的威士忌之前？这么想有点奇怪啊。会有人在偷偷潜入别人家里之前，喝得烂醉吗？"

"这可不一定，没准是为了喝酒壮胆啊。"

"如果是这样，应该也不会喝太多吧。的确，酒量的大小因人而异，不过 X 特意打扮得让别人看不出自己的样子，再来到 A 的公寓，也就是说，是在极为理性的情况下行动的。这种人会在回收下了毒的威士忌之前，去喝得一身酒气，可是稍微有些说不过去啊。我想 X 还是为了调节替换瓶里的威士忌的量，而自己喝下了大量的威士忌吧。可是，刚才学长也说了，此时 X 一定想尽快离开 A 的房间，如果 X 是在理性下行动的话，那么一定会把自己的饮酒量降到最低，

184

剩下的当场倒掉。不用说，X 是不会特意去外面倒酒的，因为那样就要再回到 A 的房间一次。所以，X 没有在当场把酒倒掉，是有不得不这么做的理由。实际上，X 没有为了调节酒的多少而把酒倒掉，而是自己全部喝了下去，哪怕是用水稀释过，也要尽量喝下去，这应该会花不少时间。对于想要尽早离开的 X 来说，却甘愿冒这样的风险，这到底是为什么呢？这不是因为 X 爱酒成痴，而是有不得不这么做的理由……我是这么想的。"

"什么？不得不喝下去的理由是什么？"

"我想来想去，觉得弄不好，是怕在现场留下气味。"

"咦？"

"如果当场倒掉，就会在现场留下威士忌特有的浓烈香气。A 就会因此发现，自己的房间被人进入过了——X 是害怕这一点，所以才这么做的吧？"

"哦，原来是因为害怕留下气味。"

祐辅微笑地看着千帆，言外之意就是，如果这个说法没错的话，刚才我的想法思路也很正确嘛。

千帆耸了耸肩，作势投去一枚飞吻。祐辅激动地抱紧了坐垫，向后仰躺下去。

"学长，你在干吗呀？"

"……啊，对不起，我太幸福了。"

"哈？"

"没什么，没什么。这可是大人间的秘密，和匠仔没有关系。然后呢？"

"不过，X 害怕留下气味这件事，本身却有些奇怪。"

"嗯？"突然意识到，刚才被投过来的飞吻似乎已经被取消了，祐辅疑惑地问道，"什么意思啊？"

"如果 X 害怕酒倒进厕所会留下气味，可以通过不断冲水，再加上开换气扇来解决，这样基本上可以处理掉气味。可是为什么 X 不这么做呢？"

"是啊，为什么呢？"

"莫非是，想用水却用不了？"

"用不了水？"

"虽然这么说有些跳跃，不过我想举个例子，比如说，那天正好停水——"

"什么意思啊，匠仔？"小兔歪着脑袋，好像兔子微微垂下长耳一般，"之前可没说到这个信息啊。关于断水。"

"嗯。那是二月十八日吧，镇里确实停水了。因为水管破裂，从晚上十一点，一直到第二天早上。"

听到这里，小兔和祐辅对视一眼露出了佩服的表情，看着千晓。

"不过……X 在之后的二月二十日里，也做了同样的重复行为。也就是说，哪怕 X 再度尝试下毒的假设成立，可是 X 又再次去了河边，难道说，二十日又断水了吗？有这么凑巧？"

"不，"千帆确定地摇了摇头，"之后没再断过水了。"

"那么……"千晓露出不好意思的笑容，来回看了看另外三个人，"那、那就是我全部都弄错了吧。刚才说了那么一大串，结果却搞错了，真是不好意思。"

"匠仔，"千帆比刚才更用力地摇头，"我再给你一点提示，关于二十日的事，和十八日完全不一样。"

"完、完全不一样……"

"也就是说，二月十八日的部分，你的假设基本是正确的。"

186

"也就是说，果然是因为断水而不能把酒冲掉吧。所以只能把替换买的新酒，自己喝掉一部分，再去把有毒的酒倒到河里——是这样吧？"

"对，没错。"千帆犹豫了一下，回答道，"基本……正确吧。"

"——这样的话，"把杯子送到口边的祐辅，此时停下了手中的动作，"还有没猜对的部分吗？"

"有是有，不过我也没有提供能够让你们做出推理的足够信息。"

"你说没有提供，是和原来的杀人事件有关系的部分吧。"

"嗯……是这么回事。"

"这么说起来，"祐辅察觉到了千帆的为难，所以马上换了个语气，"那天突然断水，所以 X 为了调节威士忌的量，只能硬着头皮喝下大量的酒，而且还不知道 A 什么时候会回来。这么短的时间内，喝下这么多酒，应该很痛苦吧？"

"没错。"

"哎呀，真是不容易啊，这简直和把酒倒掉差不多，我也不想做这种事呢。果然，好的苏格兰威士忌，就要慢慢品尝才好。总而言之，有人给出了正确答案，是不是应该有奖品啊——"

"是什么奖品？"

"匠仔，你刚才没听到吗？高千可是说了，如果有人答对，会给奖品的啊，不过因为某种没办法的原因取消了。那么就由我来替她发奖吧。"

此时，小兔差点儿将杯子里的水喷出来，她似乎是在想象，祐辅亲吻匠仔那可怕的情景。

"奖品？"不知原委的千晓，显出某种和小兔不同意义上的害怕，"学长给我吗？是什么啊？"

"什么？你那副表情，怎么好像把酱油当成茶水一口喝进去的感觉。我啊，为了可爱的学弟，也会大方一把的。"

"啊，这样啊？那还真是多谢了。如果真要送我东西的话，就给我啤酒券吧——"

"可不能给这么俗气的东西。我要给你更适合这个季节的东西。"

"更适合这个季节的？"

"那就是红白啊。"

"红白？"

"说到红白，不就是红白歌会嘛。你曾经说过，今年过年不会回老家过吧？"

"嗯，确实不回去。"

"可不能让你在既没有电视也没有收音机的破房间里过节，那也太寂寞了。"

千晓住在大学附近一所木造的小公寓里。他的房间里几乎没有什么能称得上是电器的东西，不光是电视和收音机，就连空调也没有。当然，他既不开车，也不骑自行车。被人问起为什么没有这些生活用品时，他的回答则是，如果有了这些东西，自己就对这些东西产生了管理义务，这可太麻烦了。所以他明明只是个二十岁的大学生，却被学校里的老教授们称作"仙人"。

"所以啊，我准备明天就回老家了。这里的钥匙呢，就留给你吧。这里有电视，你可以在这里像其他日本人一样，在过年的时候看着红白歌会跨年。怎么样，不错吧？"

"我说啊！"

"怎么了？"

"这样的话，我能不能随便吃你冰箱里的东西，还有喝冰箱里的

188

酒，有没有这种附加赠品啊？"

"你这家伙脸皮还真厚啊。算了，毕竟还要让你看家呢。"

"什么，结果就是让我来帮你看家吗？"

"放在这里的酒，随便你怎么喝都行。我是不会事后再跟你收钱的。你就在这里放心地好好享乐吧。"

"哎呀，那可真是谢谢了。"

"看来匠仔真的挺高兴的！"看到千晓高兴的样子，小兔也笑了出来，"就连我们都跟着开心起来了。"

"这家伙，看来比起红白歌会，还是更喜欢喝酒啊。不过算啦，那就拜托你啦。"

"没问题。"

"对了，明天小漂就要回老家了啊……"千帆一个人自言自语说道，"小兔呢？"

"我也打算明天回家，大家都不在这里了嘛。对了，高千，你什么时候回家？"

"是啊……"千帆好像是在说给自己听一般，"我也打算明天回家。"

千帆醒过来时，已经到了第二天，也就是三十日的下午。结果几个人最后还是喝到了天亮，就在祐辅家打了地铺睡着了。只要是祐辅主办的酒会，通常都会变成这样。千帆和小兔在和室里裹着被子，而千晓则窝在被炉里。

祐辅人呢——千帆正想着，就发现祐辅拿着毛巾，一边擦脸，一边从洗手间里出来了。"喂，高千，你醒啦？"

"小漂，你要出发了？"

"嗯，匠仔和小兔呢？"

"好像还在睡呢。"

千帆低头看了看身边的小兔。她睡着的样子特别可爱，时而微微地颤抖着，不知道是不是因为冷，看起来就像她的绰号一样，让人联想到把身体蜷起来睡觉的兔子。

"那我就先走啦，等匠仔醒过来后，"祐辅一边说着，一边把钥匙扔给千帆，"就把这个交给他。"

"好的。"

"——你没事吧？"

"……嗯？"

"我说，你的时间还来得及吧？你不是要今天回老家吗？我和小兔都是本地人，关系不大，高千你的老家，不是在北部吗？"

"谢谢。"

"嗯？"

"我脸色是不是很差？"

"有吗？虽然是刚睡醒的样子，不过还是很漂亮。"

"不是这个意思。"千帆苦笑道，听到男人这么说，自己还能笑得出来，自己现在也成熟圆滑了不少吧，"我是指精神上的疲劳。"

"怎么说呢？你感觉自己精神不好？"

"……其实，我有点犹豫，不知道该怎么办才好。"

"犹豫？为什么？"

"不知道自己到底该不该回老家。"

"回老家，为什么犹豫？"

"因为那里还有没解决的问题啊——而且是非常重要的问题。"

"是老家的问题？"

"嗯。如果今年不解决掉它,这件事可能永远都无法解决了。可是,我还没有自信,也没做好足够的心理准备,去面对和去解决这件事。"

"难道,你是指昨天晚上说的那起杀人事件?"

"你的直觉还真准啊,就是那件事。"

"难得看你这么脆弱——"此时祐辅判断,关于此事,还是不要细问为好,所以只好一笑了之,"对于高千你来说。"

"套用小漂你自己的话,我也是人类啊。"

以前,祐辅也曾经说过这种丧气话,虽然是用这种开玩笑的语气说出来的。

"——从这个夏天开始,发生了不少事件吧?小闺的命案、R高原的啤酒之家案,还有之前的平安夜……好像我们不知不觉间,管了好多闲事。"

"不知不觉间管闲事——是这样吗?我想没这么牵强吧。我们又没有特别积极主动地去寻找事件。"

"是啊,我们也可以选择袖手旁观。没准,也许我们应该这么做也说不定。可是我过于积极了。别人可能会觉得,我们这种做法,纯粹就是管闲事,这也是没办法的。"

"有可能啊——可是然后呢?你想说什么?"

"我对其他事件,还有对谜题的关心,比过去有所增长。也许是因为我对他人终于开始产生了一些兴趣吧。本来我是个对他人完全没有兴趣的那种人,不管别人是死是活,都和我无关。"

"这样啊,我明白了。"

"可是这样的话,我又为什么会积极地去调查事件,解开谜题呢?这是不是说明,我已经开始多多少少注意起了自己以外的事件呢?可事实却并非如此。这一切,可能只是某种'预演'。"

"预演？"

"这个说法似乎不太对。"

"也就是说，这些都是你解开老家那起杀人事件的'预演'？"

"我本来想通过自己的力量找出凶手，不，是必须找出凶手。可是，——却没办法做到。而且在事件的调查过程中，我升上大学来到安槻——也许就是这种懊悔让我做出这些事吧。也就是说，用解决他人事件的方法，来填满内心的空虚。可能这并不是'预演'，而是'补偿'。"

"说到你老家的事，还真是够乱的啊。难不成，你需要'援军'？"

"……为什么你这么想？"

"如果你一个人能做到的话，就不会从一开始就在这里不停地自我分析啦。"

"也许你说得对吧。"

"我可以陪你回去啊。今年我不回老家也没关系啦。小兔嘛，她为了高千应该——啊，什么啊！最有空闲的家伙不是在这里嘛，让匠仔陪你去好了。"

"……这样真的好吗？"

"虽然不知道他能不能帮上忙，不过至少可以帮你拎行李啦。"

"可是……我想应该没问题吧，哪怕我自己也行。"

"这样啊，我也是这么想的。"

"真是奇怪啊。"

"什么？"

"我是因为那起杀人事件才到安槻的。本来父亲是绝对不会允许我离开家乡出来读大学的，正是因为那起事件，父亲才会相对积极地让我远离家乡读大学。也就是说，如果没有发生那起事件，我是不会来到安槻的。也许……我该感谢那起事件吧？"

"你说什么蠢话呢。虽然不知道详细的情况，不过杀人事件这种事，怎么也说不上感谢吧。"

"可是……可是，如果没有那起事件，我是不会来到这里的，我也不会和你、小兔、匠仔——不会和你们相识。"

"可如果那样，你就会认识别的人，就是这样。"

"是啊……唉，还真是这样。"

"我想人生，是不能用因果关系来解释的。"

"嗯，如你所说，没错。可是我——"

"可是？"

"不……"

小惠绝对不是无缘无故被杀的，那其中应该有什么意义——千帆想要这么思考，不，哪怕是再过牵强也好，她都必须找出其中的"价值"——千帆此时发现了自己的某种使命感。可是，就像祐辅所说的一样，人生是不能用因果关系来说明的。甚至可以说，这么想是极其危险的。

千帆的这种使命感，让她将小惠的死，用自己的"得"或"失"来评判。当然，千帆不会认为自己从小惠的死中"得"了什么，只是不想面对小惠无故被杀的这个事实。所以，她总是想要赋予小惠的死某种意义，这样至少可以让小惠的灵魂得到救赎。

然而，这种思考方式本身就是在欺骗自己。她想要救赎的，并非小惠的灵魂，而是自己。千帆只是单纯地不愿意这样接受小惠的死亡，所以想为其找到合理的理由而已。

果然……千帆不得不承认，在这件事上，自己仍是"错乱"的。

已经过了快两年的时间，这种"错乱"还在静静地延续。从小惠被杀的那天开始。

第二天就是年底最后一天，千帆成功订到了机票。祐辅告诉她，因为乘飞机的人回家的时间一般比较分散，所以相对拥挤的火车来说，机票要好订一些。她怀着试一试的想法打了电话，果然有空位，而且还不是夜间航班，而是早上的。

订两张吧……千帆犹豫着，用她和千晓的名字预订了机票。这完全是她的自作主张。放下电话，她叹了口气，自己到底为什么要这样做呢？

千帆望着仍在被炉中无忧无虑睡着的千晓。此时祐辅已经出发了，小兔也刚刚离开。现在只剩下她和千晓两个人。她刚刚意识到这一点，望着千晓的睡颜。自己居然会和千晓这样的人密切交往，这简直如同做梦一般不现实。本来，像是千帆和千晓这样性格的人，哪怕在同一所大学，也绝对不可能走近的。

千晓和千帆是同一种人，虽然并不是特别喜欢孤独，却总是对人际关系有所避讳，无法处理好社交关系。这一点，她在看到千晓的房间时就明白了。那里既没有电视，也没有收音机和空调，一看就是为了不让别人来做客而采取的"措施"。没有人会喜欢在那种让人不舒服的房间里玩乐的。

在某种意义上，千帆是很佩服千晓这种"手法"的。表面上，千晓待人十分亲切、体贴，且不说他的这种做法是否奏效，不过对人是绝对够和善的。可是，他绝对不给别人积极接近自己的机会。也就是说（和千帆的做法相对比），他很自然地避免了拒绝别人的情况。巧妙地将形势转换成了——并非自己拒绝别人，而是对方拒绝自己的感觉。他房间那种不自然的情况，就是最好的例子。

然而，千晓绝对不是不想和他人交往，千帆这样认为。他不是自虐地期望别人拒绝他，只是希望对方随时能在想要离开的时候马上离开。简单来说，就是不想束缚别人（或者不想被别人束缚）。这一点，和千帆之前认识的男人都大不相同。

　　如果千帆是单独和千晓相遇的，会怎么样呢？刚才也说过了。千晓和千帆算是同一种人。她绝对不会积极主动，寻求和千晓的交往，而千晓也不会主动来接近千帆吧。果然，要让他们两人互相认识，必须要有一种"黏着剂"。那就是不管是谁，都能拉进自己"朋友圈"的男人。在学校里，祐辅和千晓关系很好，也许别人会觉得不可思议，千帆却能理解这一点，因为他们二人很相似——在给对方主动离开自己的机会与余裕这一点上。

　　然而，在祐辅和千晓之间，也有不同之处。这并不是指他们本人的资质，而是指和千帆的相处模式。产生这种差异的原因，很难一言蔽之，只能说是自然而然发生的机缘。

　　之前在圣诞前夜发生的那起事件，千帆曾经对千晓说过——我不能让你说出真相，因为同样的事情由你来说明的话，便会特别沉重。正因为是千晓，是个给别人能离开自己的空间的人，这一点与她的父亲是完全相反的。

　　父亲的话也很沉重。然而，对于千帆来说，却会引发她的负面感情，让她用无视的方法来抵抗。而面对千晓，不管自己的感情是正面还是负面，她都能诚实地面对。

　　就是这样的千晓，她居然想让他来解开两年前那件事件的谜，这让千帆觉得不可思议。为什么自己要特意这么做呢？平安夜的事件真相，千帆抢在千晓之前说了出来，而这又是为什么呢？对她来说，小惠的事件是最重要的，这一点她很清楚。因此，她还是想让千晓来解开事件的真相。

难道说，这是她对自己的一种惩罚吗？千帆这样想道。这是对不信任小惠的自己的惩罚，对眼睁睁看着小惠死去的自己的惩罚。

不，不对……千帆明白了。这并不是"惩罚"，只是自己想要在什么人面前卸下防备的心情。以前，这种心情是针对小惠的。可为什么，这时又必须是千晓才行呢？为什么不是祐辅，不是由纪子呢？她不知道，只能用机缘来说明了。

她已经在千晓面前哭过好几次。不管是夏天的事件，还是平安夜的事件。千帆就连在小惠的面前也没有掉过眼泪。也许那眼泪在祐辅面前，或者在由纪子面前掉落也都好。可碰巧那时，在她面前的人是千晓——这也是机缘吧。

她将耳朵轻轻贴上千晓的胸口，听着对方心口的跳动。这让她想起了小惠。她也曾经这样，将耳朵贴在小惠的胸口，不知不觉睡着。

"——我想没有这个必要。"

千帆花了好长时间，终于讲完了她那个"漫长"的故事。她已经向千晓说明了一切。不管是昨天晚上，她故意不讲的惟道晋的名字，还有鞆吕木惠的存在，以及她被杀害的经过。她把一切都原原本本讲了出来。

听完这一切后，千晓保持着仰望天花板的姿势，待了好一会儿，之后才小声说道——我想没有这个必要。

"没有必要？"

"我是说，没有必要让我来指出凶手，"千晓直起上半身说道，"高千，你应该知道凶手是谁了吧——"突然间，他没有什么自信地望着对方，"应该是这样吧？"

"……不。"

"你不知道？"

"我不知道，这不是在说谎，我是真的不知道。"

"不，可是——"

"你的意思是，如果有了我刚才向匠仔说明的那些信息，我应该已经能够得出和你相同的结论了——你是想这么说吧？"

"没错，就是这样。"

"可是，我无法好好推理。果然，如果是和我自己相关的事，就没办法做到了。我无法客观地看待这些事。如果我能做到，早在去年四月的时候就通过这些信息推理出凶手，向菓报告了。"

"啊……是么回事啊。"

"所以，请你告诉我，凶手到底是谁。是谁用那种恶劣的手段杀害了小惠？"

"在思考这个问题之前，我想先向你确认一件事。"

"什么？"

"昨天晚上，还有刚才，你似乎一直在刻意隐瞒什么——关于惟道晋所目击到的谜之人物，在河边倒掉苏格兰威士忌的人。"

"咦？"

"那个人就是你吧？至少，二月十八日的人是你。"

"没错。"

"菓多半也注意到了这一点，所以他才会在高千出发来安槻之前去找你，就是为了确认惟道的不在场证明。"

"没错，虽然是惟道的不在场证明，不过我也不能刻意保持沉默，所以我就老实说了——那个人就是我。和惟道在公寓擦肩而过的神秘人物，的确就是我。"

"也就是说，在时间上惟道晋不可能杀害鞆吕木惠。"

"我事先说明，最开始我根本不知道这件事。为了不让人认出我来，我特意用帽子把脸挡住。所以在菓说明之前，我根本不知道在楼梯上和我擦肩而过的人是惟道晋。"

"那么你倒掉的威士忌，是惟道晋房间的吧？"

"没错。"

"按照昨天我们说的，那个差点儿被杀掉的 A，实际上就是惟道晋本人。可是，X 却并非只有一个人。开始下毒的 X，和后面回收毒酒的 X，是两个人。二月十八日，偷偷潜入惟道晋的公寓，在他喝的威士忌中下毒的 X，是鞆吕木惠吧。"

"没错。"

"鞆吕木惠想要杀掉惟道。恐怕就像高千说的一样，她是打算之后也跟着自杀——同样用那个小瓶中的毒药。"

是这样吗……为了掩饰自己的怀疑，千帆转动身体，避开了千晓的视线，明明没有流出眼泪，她却无意识地用手盖住了眼睛。

"鞆吕木惠被人目击到晚上从女生宿舍外面回来，应该正是从惟道的公寓回来的吧。恐怕那时，鞆吕木已经向高千说明了一切——自己是怎么偷偷溜进惟道的房间，并在他的苏格兰威士忌中下毒的，只要惟道回家喝到它就会死掉。接下来，自己也会饮毒而死。她一边这么说着，一边把装毒的小瓶递给千帆看。"

（我要杀了那个男人。）

（我要杀了他。）

（接着自杀……）

"高千夺来了那个小瓶，而后急忙赶往惟道晋的公寓。当时你有一线希望，觉得自己有可能赶在惟道回来前挽回这件事。"

"我……居然救了惟道的命，真是讽刺。我也曾经想过，像那种男人，还是死了的好，"高千没有压抑自己的情绪，用拳头击打着身边的靠枕，"哪怕现在，我也是这么想的。可是……可是，小惠不应该成为杀人凶手。"

"所以你就在旅行包里装上变装用的衣服，出了宿舍。这时已经有人目击到你离开宿舍了，你之所以打算变装，是因为害怕在惟道公寓那里撞上他，为了不让他认出自己而准备的。你是这么想的吧？"

"没错。我可绝对不想让那个男人以为，我是为了去找他而去他的公寓的。"

"这一点我明白，可是为什么你不在公寓把衣服换好呢？这一点我不太理解——"

"那是因为，宿舍里恐怕有女生和惟道在暗中互通消息。说是间谍可能有些夸张，不过有些学生和惟道很是亲近，我怕会被这些女生看到我变装出门的样子。如果惟道恰好目击到了我变装的样子，可能就会意识到那是我。如果发展成这样就太糟糕了，我绝对不想让他以为，我是为了和他见面才变装打扮的。"

"我明白你的想法，不过这样想也有些过头了吧？"

"我当然也明白这种事发生的概率极小。可是因为我对那个男人太过嫌恶，一想到我跑出宿舍是为了救这种人，就感觉真是讽刺。"

"平时哪怕被宿舍管理员发现，你也会毫不在意地骑车离开，不过那时你没有这么做。因为不知道会引起什么人的注意，所以当天晚上，你想尽量不被别人发现。所以你先步行离开宿舍，之后又坐了出租车吧？"

"是的。"

"你离开宿舍是在十点半。坐车大概要二三十分钟，之后你到惟道的公寓，更换了毒酒，走下楼梯，和惟道擦肩而过是十一点十分左右，这样算时间似乎正好吧。也就是说，惟道真的是有不在场证明。"

"结果恰恰是我自己证明了这一点，这是多么讽刺啊。我不仅救了他的命，还证明了他不在场。只能说，我是被诅咒了吧。"

"替换威士忌的事，就像昨天说明的一样。不过，刚才我也说了，下毒的人并不是你，而是鞆吕木惠。我有一点不明白。你离开宿舍之后，打了出租车，而后又去便利店买了一瓶威士忌。那么之后，你又是在哪里换的衣服呢？"

"换衣服？就在惟道公寓附近车站旁的公共洗手间。"

"也就是说你在去惟道公寓之前，将离开宿舍时穿的衣服塞进了旅行包里，存到了投币式储物柜里吧。"

"是的。"

"那我就不懂了。你换完酒后，又一次来到车站厕所，把衣服换了回来，那时为什么你不带着包一起回宿舍呢？"

"这很简单，因为我当时根本没有提得动包的力气。"

"没有力气？"

"你之前已经说明过了，匠仔。二月十八日因为停水，我为了调节新买的那瓶威士忌的酒的多少，只能自己把酒喝下去。运气不好的是，惟道的那瓶打开的威士忌，已经只剩下一半的量了。"

"也就是说……"

"嗯，我为了调节酒的多少，喝下了差不多半瓶酒。而且因为停水，我也不能兑水把酒调稀，还必须一口气尽快喝掉。"

"……你还活着真是幸运。"

"现在想起来，一定还有别的办法能解决问题。比如从惟道的房间里再找别的空瓶出来，把新酒倒进去。不过这些都是事后诸葛亮了。

事实上，在那里根本不能冷静思考。我离开惟道的公寓后，在车站的厕所换衣服时，就感觉身体不对劲了。厕所里很冷，我可能是在那里面着凉了吧。我当时就想，这下糟了。当时我浑身无力，根本拿不了什么东西。所以为了小心起见，我还是把东西留在了储物柜里，打算以后再来取。"

"原来如此。"

"之后，我坐出租车回到公寓附近。但是当时我的身体已经难受得要死，根本没法爬上宿舍门口的上坡。可是如果把车停在宿舍门口，又怕宿舍管理员听到。"

"我们回溯一下事件。你应该已经处理掉了从鞆吕木那里抢来的毒药小瓶，是把它扔在了同一条河里？"

"在倒掉威士忌之前，我就把它远远地扔掉了，是我一边沿着河岸往下走，一边扔掉的，所以跟在后面的惟道可能没有看到。"

"同时还把进入惟道晋公寓的备用钥匙也扔掉了吧。"

"那是在我下出租车之后扔掉的。"

那是在她上坡前拿出手帕时，一起扔掉的。那把钥匙应该扔在了路边的水沟里。

"那把钥匙，是鞆吕木惠为了下毒而使用的。你是在抢过毒药小瓶的同时抢过来的吧。"

"是的。"

"也就是说，高千——"

"什么？"

"我刚才就说了，你应该已经知道凶手是谁了。因为你清楚地知道，鞆吕木惠有惟道晋公寓的钥匙。反过来说，如果不知道这一点，就无法解开这起事件的谜团。鞆吕木惠究竟为什么会有惟道公寓的钥匙呢？她毒杀过对方的爱犬，却为什么要配她如此厌恶的男人家的钥匙呢？为什么？这个问题，才是最重要的'关键'所在。"

DETECTION 2

当千帆走下飞机的瞬间,才发现自己的大意,她并没有想过自己带千晓回到老家,对她的家里人来说会意味着什么。之前她脑子里所想的,都是如何解开事件之谜。

怎么办呢?千帆产生了一丝困惑。如果让千晓住在酒店可以避免向家里人解释,可是颇为麻烦。最后,她还是直接带着千晓回了家。无论母亲和哥哥怎么反对,她都不在乎。

事实上,千帆担心的事情并未发生。不管是母亲还是哥哥都对千帆像个普通大学生一样带着朋友回家这件事产生了兴趣,甚至说是高兴还来不及,他们冷静地接待了千晓,并未出现千帆本来预想的过度反应。就连年幼的侄女鹿子,也像发现了可以一起玩耍的对象一样,马上就开始让千晓给她读绘本了。这可能也是因为,千晓本身不会让人感觉紧张的缘故吧。

这样想着的千帆,与其说是松了一口气,倒不如说是生起了一股无名之火。

"你什么时候回去?"正在准备跨年吃的荞麦面的母亲问道。

"明天。"千帆若无其事地回答,不过她的生气,似乎已经有意无意流露了出来。

"明天啊……明天就要回安槐了?"

"我的事，多半明天就能办完。"

"可是……"虽然想问她到底要办什么事，不过最后母亲还是没问，"不过，后天你爸爸和路子也会回来看看鹿子。这样的话——"

路子是千帆嫂子的名字。"这样的话"，母亲想要接下来的话应该是——好不容易一家人能聚在一起，你怎么这么快就要走呢。不过千帆并没有想要见父亲和嫂子的意思。

"没关系，高千，"一旁和着荞麦面的千晓，突然插此说道，"我可以一个人回去，不会迷路的。"

"啊？"

"不好意思，阿姨，"看到千帆想要说点什么，千晓马上认真地说道，"她是担心我一个人不会坐飞机。不过没关系啦。我已经知道登机手续怎么办了，明天一个人回去也没关系。所以高千，你就安心留在家里吧。"

明明都是大学生了，还要被人担心在没有"保护者"的情况下，能不能一个人坐飞机，这种话听起来让人喷饭，可是由千晓这样的人说出来，却有种奇妙的可信感。

"可以吧？明天我就一个人回去了。"

千帆仿佛是在用意念对千晓说着什么般地瞪着他——我不想见父亲啊……

"……好吧。那我就留到后天晚上再走。"

好不容易说出此话的千帆，突然注意到母亲和哥哥那奇妙的表情。什么啊，难道还想让我再多留段时间？不过千帆马上明白了，母亲和哥哥心里想的，完全是另一码事。

糟糕了……千帆在心里吐了下舌头。母亲和哥哥，可从来没见她对父亲以外的男人这样言听计从过。明明之前千晓还给人营造了一种人畜无害的形象。这下可全都玩完了，还是赶紧回二楼为好。想到这里，她马上拉着千晓站了起来。

"那个，我有点话要和他说，"她连母亲和哥哥的脸都不敢看，就站了起来。当然，事件还有一些问题需要说明。"——对了，妈，家里有啤酒吗？"

"啤酒？有啊，不过——天这么冷，不如喝点热的吧？"

"啤酒就好了。那么我们就先走了——"

"走了？你们要去哪里？"

"还能去哪，楼上啊。"

"楼上……是你的房间？"

虽然千帆本想找些合理的理由，不过此时，她想尽快听到千晓的说明，于是干脆懒得解释了。

"我会把门打开的。"

她丢下这句话就走了。

"——为什么警察的搜查会遇到瓶颈呢？"

千晓自言自语道，似乎是为了集中精神思考，他抬头看着天花板。

"听你的形容，菓是位极为优秀的搜查官，在高千你来安槻之前，他和你确认过了惟道的不在场证明，之后应该会转换调查方向，随后应该不难找到真正的凶手。然而，事实却并非如此。警察的调查遇到了问题，一定是一个决定性的错误。会不会是因为，他们认为这三起事件的凶手是同一人物——他们以此为前提，所以搞错了凶手的调查范围呢？"

"……怎么会这样？"千帆抬起头来，看着千晓的眼睛，"你是说，这三起案件的凶手，并非同一个人？"

"不，我想是同一个人。这一点多半没错。只不过，根据我的想象，警察可能过于拘泥于鸟羽田冴子被害的理由了吧。事实上，凶手可能没有任何杀害鸟羽田冴子的理由。"

"没有杀害鸟羽田冴子的理由？什么意思？难道说，她只是在路上被偶然袭击的，并非惟道晋的'共犯'？"

"是的，我想恐怕惟道晋的'共犯'，事实上并不存在。"

"并不存在？可是这样的话……"

"凶手只是单纯地搞错了。"

"搞错了？"

"凶手并不是想杀鸟羽田。他是打算对别的女性下手，而把鸟羽田当成了那个女性，而后杀了她。"

"到底，是和谁搞错了呢？"

"……和高千你啊。"

"和我？"

"凶手把鸟羽田和你搞错了。你曾经说过，她和你身高差不多，而且因为憧憬你，所以还和高千你当时一样，留了齐腰长发。也就是说，如果从后面看，很有可能把她当成高千你。"

"怎么会……"千帆不由自主地抓着头发，站起身来，"可是，再怎么说……再怎么说，杀人这种事，也不会搞错吧？"

"当然，凶手会把鸟羽田当成你，不光是因为外貌上的相似。还有其他原因，而那正是决定性的原因。"

"决定性的原因？"

"那是因为，凶手并不知道你的名字。"

"……什么？"

"凶手多半并不知道你的名字到底叫什么。甚至很有可能，到现在都不知道。”

“不知道我的名字……”千帆不由自主地搭上了千晓的肩膀，她的身体也随之晃动起来，“可是，可是……怎么会这样。”

“只有这种可能性了。”

“太离谱了吧。”

“可是这，多半就是真相啊。”

“凶手想要杀掉的人，真的是我吗？凶手真正的目标，是我……可是……可是，这个凶手，却连我叫什么都不知道，为什么？”千帆再次用手搭上他的肩膀，像是要掐住他的脖子一般呻吟道，“为什么……为什么……要杀害连名字都不知道的人呢？”

“这一点，很难说明啊。总而言之，这次事件的本质，和无差别杀人有些相近。”

“无差别杀人……”

“因为凶手想杀的，是你这特定人物，所以不能完全说是无差别杀人。可是，凶手的杀人目的本身，本质却和无差别杀人相同。也就是说，凶手——要怎么说好呢——杀的哪怕不是高千也好。他只是要杀掉像高千这样的女性。”

“像我这样的女性？”

“我也知道这么说很奇怪，因为你是凶手最理想的‘素材’。你的美貌和气质让凶手认为，如果能杀掉这样的女性，是最圆满的。”

“……这也太疯狂了吧。”

“没错。无差别杀人的本质，就在这里。总而言之，凶手不管杀掉什么人都好，只要是符合他理想条件的对象就可以。而被选中的人，就是高千你了。对于凶手来说，他不需要了解你的身份。实际上，凶手也确实不知道你是谁。不过凶手却知道你的样子。对凶手来说，最重要的,是他杀掉的女性拥有怎样的外貌。只有这一点。所以——"

"……太疯狂了,"千帆抱住脑袋,向他背过身去,"我说的不是凶手,匠仔,我说的是你太疯狂了。你真的知道自己在说什么吗?"

"你这么一问,我突然间感觉不是很自信了……"千晓好像露出了真的失去自信的样子,看着她的后背,"不,不过,让我先按顺序说明吧。如果你不能理解,就随时指出来。"

"当然,好吧,"房间里的暖气已经关掉了,她转过身,面向披着毯子的千晓,"——你刚才说,凶手真正想杀的人是我,但是错杀了鸟羽田。那么凶手是否注意到他杀错人了呢?"

"不,凶手从背后悄悄靠近鸟羽田,而后在突然刺中她的瞬间意识到了,这才发现糟了。刚才我也说过了,凶手是知道高千的容貌的。所以,他当场就判断出他所刺杀的人并非高千。可是,事实已经无法挽回了,他的样子已经被鸟羽田看到,所以他只能杀掉鸟羽田,并在附近的人赶来之前逃走。"

"那么,鸟羽田被杀后,为什么凶手没有来杀我呢?"高千低下头,颤抖地望着千晓的脸,"还是说,他已经放弃要杀我了?"

"很遗憾,凶手并没有放弃。他还在你出现在眼前时数次尝试过。只不过,在鸟羽田被杀后,你马上就来到了安槻。而对于凶手来说,只有杀害自己'守备范围'内的女性,才有意义。所以,就算你是最理想的'素材',他也不会追到安槻来杀你,所以他不会对你出手了。"

"那么,如果我返回老家的话呢?比如说,如果我大学毕业之后,回到老家工作?"

"虽然单纯是我的想象,不过我想,凶手还会再动杀害高千的心思的。"

"可是……可是，去年的年底，我不是已经回过老家了吗？什么都没有发生啊。"

"虽然有些讽刺，不过高千对父亲的反感，反而为你保住了平安。因为你心里不愿意面对父亲，所以去年虽然回来了，不过在见到父亲之前，就回到了安槻吧。所以凶手竟然没有意识到，你回过老家了。"

"没有意识到……"

"所以，如果凶手要行凶的话，估计也要等到四年之后了——准确地说，是在高千毕业后，也就是大约两年后——我是这么想的。"

"咦，等一下。那么凶手是知道我没有留在老家，还有去外地大学读书的人？"

"是的，虽然凶手不知道你的身份，不过却能够了解这些信息。也就是说，这个凶手——"

"等一下，"千帆突然被她想到的理所当然的结论吓了一跳，"难道说……匠仔，你说凶手打算杀掉我，难道说这一连串的连续杀人事件，本来就是……"

"很遗憾，你的想象恐怕是正确的。总之，凶手是希望杀掉你就好的——只有你。这就是凶手唯一的目的，从最初到最后。"

"可是……可、可是……"

"在第一起事件中，凶手差点儿就杀了你。不过因为搞错了，所以杀掉了你的室友——鞠吕木惠。"

"这不可能。因为刚才我们也说过很多次了，凶手想要杀我的话，就应该知道我的样子。哪怕凶手不认识小惠，可是在他偷偷进入二〇一室的时候，就应该已经发现，屋里的人是小惠而不是我了吧。这又怎么可能会弄错？"

"的确是弄错了。因为凶手敲了二〇一室的门之后，在门打开的瞬间，并没有看清开门的人是谁，就突然刺了出去。你还记得警察先生是怎么说的吧？凶手从一开始，就打算直接刺杀开门的人。所以才会这样……"

"怎么会……"

"当然，凶手马上就意识到，自己杀错人了。不过，既然刀已经刺了出去，就没法再回头了。所以凶手将鞘吕木逼到房间里，又刺了她很多刀。这和第三位被害人鸟羽田的情况是一样的。"

"可怕，真是太可怕了。可是，为什么凶手会在开门的瞬间，直接刺杀开门的人呢？凶手是无法预测开门的人是谁的。如果开门的人是我还好，但事实却并非如此，小惠同样有一半的概率会去开门。这一点凶手应该明白。他为什么会这么做？"

"那是因为，凶手多半确信开门的人会是你。"

"……确信？"

"凶手确信，那时鞘吕木惠已经出门了——虽然从结果来看，凶手是搞错了。"

"怎么会……为什么呢？为什么，凶手会这样确信？"

"因为凶手利用某种借口，让鞘吕木同学出门了。如果像凶手计划好的那样，那么在行凶时刻，鞘吕木惠的确不应该在女生宿舍里。"

"用借口让小惠出门——等一下，匠仔。在你说明这个方法之前，我们先来讨论一下，假如凶手那天晚上确实引诱小惠出门了。可是，他要怎么确认小惠已经出门了呢？事先声明，之前我说的杂木林里，可没有找到有人监视过的痕迹。至少二月十九日那天是没有。"

"凶手没有必要监视女生宿舍。凶手有一个特别的，能够确认小惠是否离开宿舍的办法。"

"有确认的办法。是什么？"

"是钥匙。"

"钥匙……"

"是惟道晋公寓的钥匙。"

千帆茫然地看着千晓："钥匙？"

"我之前也说过了。小惠到底是从何处得到惟道房间的钥匙，这是此次事件最大的关键点。"

"凶手……"千帆像是怕被别人听到一般，压低声音说道，"是凶手，给了小惠钥匙……"

"多半是这样。为了方便起见，我们就称凶手为Z好了。Z有办法得到惟道房间的钥匙，也就是说，是惟道非常亲近的人。甚至可以认为，是和他有肉体关系的人。"

"和惟道有肉体关系的人？那么这人到底为什么——"

"为什么要给小惠钥匙？当然，是为了教唆她去杀掉惟道晋啊。"

"Z……"千帆靠近千晓的脸，直至两人的鼻尖几乎相互碰触的程度，她颤抖着小声问道，"Z也想杀掉惟道晋？"

"虽然这么说有点奇怪，不过我不确定凶手是否对杀掉惟道这件事持积极态度。凶手只是单纯地认为，惟道是死是活都无所谓。在这种情况下，哪怕把他作为弃子牺牲掉也无所谓。弃子——对，就是这样的程度，为了杀掉高千而可以利用的弃子。甚至有可能，Z是为了杀掉惟道才和他发生肉体关系的。关于这一点，我们后面再详细说。总之这个Z，先是联系了鞴吕木惠，这也是为了杀高千而做的准备。当然，虽然Z以前就知道高千的存在，不过真正想要杀掉高千，是从知道惟道晋在正月里偷偷配了女生宿舍的钥匙为契机开始的。

"为做前期准备，Z先是借了惟道配的钥匙，偷偷溜进了女生宿舍，偷出了变装用的女生运动服。而后，又为了让小惠在自己准备行凶的日子里离开宿舍，联系了小惠。"

"小惠和凶手见过面？"

"应该是吧。不过她应该不知道 Z 的名字，所以当柚月步美问她，她是被谁所害时，小惠答不上来，多半就是这个原因。"

"啊，原来如此。"

"之后，Z 和小惠见面。现在想来，这可是相当冒险的行为，可是如果不直接见到小惠，恐怕是无法操控她的吧。所以 Z 甘愿冒这个风险。那么，Z 把小惠叫出来的借口，就是利用她对惟道的恨意，因为之前小惠曾经公开说要杀掉惟道——由此可知她有多恨惟道了。所以虽然这都是我的想象，不过 Z 应该也会对小惠说，自己也恨着惟道。比如说，自己的妹妹曾经被惟道玩弄过，自杀了什么的，总之是添油加醋地说了一番故事。"

"匠仔，听你这么一说，好像很有道理。"

"总之，让我们继续这番听起来似乎很有道理的话。之前不是说过惟道房间钥匙的事吗？ Z 也许会说，他在妹妹的遗物中，发现了惟道房间的钥匙。这样，Z 就很自然地把自己持有惟道公寓钥匙的事说了出来，并且告诉鞘吕木，这钥匙可以随她任意使用。"

"然后 Z 就把钥匙给了小惠？"

"不，Z 当时并没有马上交出钥匙，而是把钥匙藏在了别的地方，并且对小惠下了指示。Z 告诉小惠，如果有必要，就去那里拿钥匙。说到这里，你也应该已经明白了。二月十八日夜里，Z 确认小惠是否离开宿舍的方法，就是去看一下自己告诉小惠放钥匙的地方，钥匙还在不在。如果钥匙消失了，那么小惠就是去杀惟道，所以离开宿舍了。只要用这个方法，就能确认小惠是否离开宿舍了。"

"可是，Z是怎么判断小惠具体会在哪一天去取钥匙呢？"

"这一点，应该也是Z若无其事暗示过小惠的。Z应该告诉过小惠，二月十八日晚上，大概在十一点左右，惟道有别的事而不会在家里。然后自己期待小惠会在那天晚上去杀惟道。"

"可是，Z又是怎么知道惟道那天晚上不会在家的？"

"因为那天Z打算约惟道一起去酒店过夜。"

"啊，这么说起来……能马同学曾经说过，十八日夜里，柚月步美曾经去过惟道家，不过当时惟道不在，所以悻悻而归。"

"Z在当天约了惟道去酒店，而这家酒店，恐怕就在位于女生宿舍和惟道家中间的地带。也就是说，Z先在酒店和惟道见面，之后和他分别。然后惟道回到自己的公寓，而Z向女生宿舍出发。两个人多半都是开车的。因为Z要将两人到达公寓和到达宿舍的时间调节得差不多一致，所以特意选了在中间点的酒店。"

"为、为什么，"听到这一番话，千帆吃惊地看着千晓，仿佛对方是个魔术师一般，"为什么，你会连这种事都这么清楚？"

"不，我并不是特别清楚。只不过，如果要按照Z的计划行事，我直觉上感到，Z会使用这样的小诡计。"

"按Z的计划行事？"

"Z并不知道小惠会用怎样的方法杀掉惟道，只是告诉小惠惟道会在十一点回到公寓，认为小惠一定会用钥匙先偷偷溜进惟道的公寓，然后等他回来再下手——Z是这么预测的。"

"啊……"

"没错。可是Z完全没猜到，小惠会选择毒杀的方式来对惟道下手。这对于Z是完全预料之外的举动。因为一般人绝对不会想到，像小惠这样的女高中生会有这样的剧毒品。"

"是的……说得也对。"小惠居然持有剧毒品这样的事，给Z造成了极大的麻烦，最终也导致她自己被害——对于千帆来说，这是命运的嘲讽吧。"一般来说，谁也不会想到这种事吧。"

"如果按照Z的计划，小惠会在十一点的时候，在惟道的房间埋伏起来，等他回来后动手。而同时，Z则在女生宿舍这边杀掉一个人在宿舍的你。这样一来，在Z杀掉高千的同时，也夺取了小惠的不在场证明。"

"也就是说，Z这么做，是为了把此事嫁祸给小惠？"

"应该是这样。杀掉惟道后回来的小惠，将得知高千被杀的消息。众所周知，最近这段时间，她和高千吵过架，所以她被怀疑也是理所当然。但是小惠却无法主张自己的不在场证明。为什么呢？因为那时，她正在杀害惟道。"

"可是，惟道被害一案，不会有人怀疑小惠吗？"

"对于Z来说，这就无所谓了。不管小惠怎么选，她是杀害了惟道而没有杀高千，还是杀了高千没有杀惟道——对于凶手来说，只要把嫌疑推给一个人就好了。"

"简直是恶魔……"

"不，我只是推理Z的意图，这都是我的想象而已。不过，即便如此，世界上的事也不会都如我们预料的一般。刚才我也说过了，Z没有想到，小惠会用下毒的方法对惟道下手。如果是毒杀的话，只要在饮料中放入毒药就可以了，并没有等待惟道回来的必要。打乱了Z的计划的小惠，很快就回到了宿舍。"

"然而，我则去了惟道的公寓。"

"到这个时候，Z的计划已经完全被打乱了，可是Z对此仍然一无所知。在酒店和惟道分别后，Z来到藏钥匙的地方，你知道是在哪里吗？"

"咦？在哪里？"

"就在坡道下的邮筒。"

"啊，"她不知不觉，摇晃起了千晓的身体，"对、对啊，原来如此。"

"晚上九点时，小惠曾被人目击到出现在那个邮筒附近吧。恐怕那把钥匙，就是被Z用胶带黏在了邮筒下面。"

"这样啊……原来从邮筒底部发现的胶带是这么回事。那是——"

"如果钥匙还在，那么Z恐怕就会中止当天晚上的计划了。可是，Z发现钥匙消失了。也就是说小惠今晚去了惟道的宿舍——误解了情况的Z，从女生宿舍阳台这边的窗户看过去，发现二〇一室亮着灯，所以就偷偷溜进了宿舍。Z确信，此时，二〇一号房间里，只有高千你一个人。

"确信——倒不如说是误解吧，随后Z敲门，趁着开门的时候，马上刺出了刀子，完全没有确认开门的人是谁。

"Z吃了一惊。因为发现本来应该被刺的高千，却变成了应该在惟道宿舍的小惠。更要命的是，小惠把花瓶扔到了玻璃窗上求助。对此感到焦虑的Z，因此没有把握好逃走的最佳时机，之后才会被柚月步美目击。Z可能最开始是打算从二楼的窗户跳下去的吧，这一点我不太确定——"

被柚月步美目击——这一事实的意义，对千帆来说突然不同以往起来。"也就是说……能马同学该不会也是被错杀的？"

"我是这么想的。凶手知道有学生目击了自己逃走时的样子，想要调查这个学生的身份，对Z来说相当简单。"

"为什么呢？"

"因为Z是和惟道有着肉体关系的人，我刚才说过了吧？只要Z

去问他，他就会告诉 Z 柚月步美的事，告诉对方，柚月就是事件的目击者。"

"所以 Z 为了封住目击者的口，打算向她下手。可是 Z 又把能马同学当成了柚月错杀……"

"多半是这样。"

"可是，为什么呢？为什么会搞错？从 Z 的角度看，自己第一次行凶就搞错了对象。所以理论上，第二次动手应该会更加慎重一些。"

"Z 认为他的行动已经很小心了。证据就是，为了杀害柚月步美，Z 动了点小手脚——当然，这一点最后也变得毫无意义了。"

"小手脚？"

"那是 Z 为了吸引能马小百合离开房间，让房间里只剩下柚月步美的手段。为此，Z 写信给能马小百合，恐怕是以惟道的名义欺骗她。"

"你怎么知道？"

"因为柚月步美偷偷读了这封信吧。"

"嗯？"

"之前不是说过，柚月步美平常会随意使用能马同学的私人物品，甚至去读她的私人信件吗？没准 Z 利用惟道的名义，给能马寄了信，而柚月步美对此不可能不感兴趣。对吧？"

"嗯……确实如此。"

"而这对于 Z，则又是预想之外的事情。哪怕是室友，也不会去随便读别人的信吧，一般人都会这么认为。"

这时，千帆想起了二月二十日早上的事。那是早上十点半，她给女生宿舍打电话时，得知柚月步美还没起床。

当时宿舍的管理员鲸野曾经让她赶紧去学校。恐怕那封给能马

216

小百合的信，就是那时寄到宿舍的。当时柚月步美说，交给我就好了，所以鲸野就把信给了她吧。

"Z利用惟道的名义，让能马小百合在二十日晚上，大概是夜里十一点左右去他的公寓。倒推一下，小百合要在十点半左右出门——Z是这样预测的。当然，实际上小百合看到那封信，也不会去惟道的公寓的。因为她认为，鞆吕木被杀，是因为惟道要为琳达的死向她报复，所以害怕自己也会被惟道杀掉。但是Z却不知道这一点。Z认为，能马小百合也会像其他女生一样，对惟道言听计从，才制订了这样的计划。"

"我明白了。那么这次，Z在那个杂木林中用望远镜，张望着走廊里二〇二号室的出入情况，确认是否有人出门。"

"二十日白天那里还没有'监视'的痕迹，可二十日当晚，杂木林中却出现了有人'监视'的痕迹。Z在那里，观察二〇二号室的进出情况。而后，当Z看到有人影从二〇二号室出来之后，便直接前往二〇二号室。和十八日的行凶手段一样，他敲门后，在门开的瞬间就直接把刀刺了出去。只不过这次，凶手并没有像十八日那样，马上意识到自己刺错人了。"

"这是为什么呢？"

"因为能马小百合曾经对宿舍管理员和其他学生说——完全不认识凶手。"

"也就是说，凶手不知道柚月步美和能马小百合的样子？"

"恐怕是这样的。"

"可是……Z最终还是会意识到，他本来想杀的是目击者，结果却杀错了人。因为Z和惟道是认识的，他早晚会从惟道那里知道这一点。"

"嗯，应该是这样。"

"那么，Z为什么没有再对柚月步美下手呢？"

"多半是因为，柚月步美被赶出了女生宿舍吧。"

"咦……为什么？"

"你还记得，柚月步美离开宿舍后，去了哪里吗？"

啊，千帆呻吟了一声："……她搬去了惟道的公寓吧——"

"没错。如果在那里杀害柚月步美，会引起惟道的怀疑——Z这样担心吧。刚才我们也说了，Z和惟道应该是有肉体上的关系，自然也会出入惟道的公寓了。这样的话，如果有住在惟道公寓的学生被杀，惟道当然就会怀疑到自己头上。哪怕不明白作案动机，Z也不想招至不必要的嫌疑，所以Z打算再观察一下看看。后来他发现，虽然柚月步美是事件的目击者，不过似乎只是看到了自己的背影。而柚月步美本人，也和惟道交好。当然，步美为了讨好惟道，自然会把自己知道的和事件相关的所有信息都告诉惟道。那么这些事再通过惟道之口传到Z那里，这也没有什么不可思议的。所以，Z认为，自己没有必要杀掉柚月步美。"

"也就是说……能马是平白无故被杀了。"

"是的。而且和小惠一样，对于Z来说，她们并不是必须被杀掉的人。的确，小惠的死，对高千造成了很大伤害。但是，对于Z来说，伤害高千并不是他的目的。如果Z是一个对高千抱有憎恨之意的人，那么哪怕是杀掉小惠，对他来说也不算是无功而返。不过，这么说可能会招来误解吧，Z其实对高千并不抱有憎恨之情，只不过想抹杀高千的存在。这个欲望因强烈而变得疯狂——"

想要抹杀掉自己完全没有恨意的人的存在的欲望……人类真的会有这样疯狂的思想吗？想到这里，千帆感到一股寒意，用身上的毛毯将自己裹得更紧了一些。

"所以 Z 就放过了柚月步美，打算再次对高千下手。"

"对了，在小惠的事件中，如果整个事件按照 Z 的计划进行，那么惟道应该已经被小惠杀掉了，也就是像我所说的弃子一样。那么之后，Z 没有再打算杀掉惟道吗？"

"对于 Z 来说，惟道并不是个非杀不可的角色。虽然在必要的时候，可以当成自己计划的'弃子'，不过如果没有这个必要，也不需要杀掉。总之，就是这样的存在而已。对于 Z 来说，惟道的存在，如果说有什么价值，那就是他对高千的执着这一点而已。"

"对我的执着……"

"Z 是想利用惟道的'执迷'，来达成自己的目的。"

"结果……所有人都是被毫无意义地杀掉的。无论是小惠，还是能马和鸟羽田。为什么 Z 非要杀掉我呢？我完全不能理解……不过凶手为什么会把鸟羽田当成我呢？除了我们的背影看起来相似之外，还有别的理由吗？"

"那一天，鸟羽田在结业式后去拜访了小惠家，那是为了归还她之前问小惠借的英语辞典。之后她离开鞆吕木家，偶然为了视察敌情的 Z 在那里看到了她。"

"……视察敌情？"

"能马被杀之后，Z 想要对柚月下手。我刚才也说了，不过后来马上就发现，没有杀她的必要。之后，Z 又把下手目标改为了高千，为了重新调整杀人计划，所以有必要去'视察'你家。"

"视察我家……可是，我家和小惠家，离得相当远啊。"

"没错，但是 Z 却来到了小惠家。因为，她把那里当成了'你家'。"

"……这，到底是怎么回事。又是弄错了吗？"

"当时，实际上 Z 还并不知道你的名字。严格说来，与其说是不知道，不如说是把你的名字当成了'鞆吕木惠'。"

"是弄错了……名字吗？"

"怎么说呢，是有人告诉了 Z 错误的信息。"

"告诉了 Z 错误的信息……是谁？"

"那是 Z 收集信息的关键人物，刚才也说了，只有惟道。"

"可是……可是惟道为什么会搞错呢？惟道可不会分不清我和小惠吧。"

"当然，惟道不是分不清你们俩，而是他告诉对方谎话。"

"故意撒谎？为什么……"

"这自有他的理由。总之，Z 就认为你是叫'鞆吕木惠'。"

"等一下，这可有点奇怪。"

"怎么奇怪？"

"刚才匠仔你不是说过吗？Z 在二月十八日的时候，曾经约小惠出来过，也就是说，和她本人联系过。这样的话，至少 Z 应该知道，小惠的名字就是鞆吕木惠啊。"

"实际上，并非如此。"

"……咦？"

"Z 把小惠当成了'高濑千帆'——与其这么说，倒不如说是被人误导着这样认为了。"

"不可能吧，匠仔。你说的不合乎逻辑。"

"那么就让我们来整理一下吧。Z 曾经问过惟道，高千的名字是什么，当时惟道撒谎说是'鞆吕木惠'。为什么要使用小惠的名字呢，这一点我不知道。可能是因为她是高千的室友，所以觉得更容易蒙混过关吧。那么，从 Z 的立场来看又如何呢。对于 Z 来说，要杀掉的人名叫'鞦吕木惠'。而为了杀掉'鞦吕木惠'，就必须把她的室友支走离开宿舍。而这时，Z不知道从哪里听说，'鞦吕木惠'的室友恨着惟道晋，甚至恨不得杀了他。那么，Z就调查了'鞦吕木惠'室友的名字。"

"怎么调查的？"

"给女生宿舍打电话，让'鞦吕木惠'的同屋接电话。宿舍管理员当然会报出高瀬千帆的名字了。可是，接电话的人却换掉了。"

"换掉了？换成谁了？"

"当然是鞦吕木惠本人——以你的'代理人'的身份。"

"啊……"

"对此全然不知情的Z，对她说想见面聊。小惠虽然明白，Z想见的人是'高瀬千帆'，不过就算打电话的是你家里人，小惠也想自己代你应对，更何况是根本不认识的人，就更没有告诉你的理由了。所以小惠明白，对方并不知道高瀬千帆的容貌，所以就自己假扮'高瀬千帆'去和Z见面，我想是这么回事。"

"接下来，Z就教唆小惠去杀害惟道晋。就像匠仔说的一样，用编出来的一套故事来欺骗小惠。Z把小惠当成'高瀬千帆'，没错。也就是想让并非小惠，而是'高瀬千帆'去杀掉惟道晋。可是这样的话，小惠不会觉得很奇怪吗？"

"为什么会觉得奇怪？对于小惠来说，你就是'传闻的被害者'啊。她觉得，高千一定也像她自己一样，对惟道深恶痛绝——小惠会这么想也是很自然的事。Z以此为前提说出来，在小惠听来，却是另一番情形，你懂了吧？"

"那么，对于Z来说，自己实际上是把鞦吕木惠当成高瀬千帆杀掉，但却以为，自己把'高瀬千帆'错认为了'鞦吕木惠'？"

“是的，因为没有人指出他的错误。当然，Z 是知道自己杀错了人的。因为 Z 见过小惠，所以知道她的样子，这一点 Z 当场就明白了。但是却不知道，自己搞错了你们的名字。而且报纸和电视新闻上，对于被害者的报道都隐去了名字……这是为什么呢？”

为什么呢——千帆第一次觉得，报纸和电视上，隐去所有被害者姓名这件事，是极其不自然的。当然，为了保护未成年人，媒体会保护当事人隐私。但是被报道的都是牺牲者，那还有什么匿名的必要呢……一直到现在，这一点都无法理解。

——你不用担心，我都会把一切安排好的……父亲当时说的话，此时在她的脑中重现了出来。千帆感到一阵恶寒。但是，现在她还是决定先集中精神听千晓的说明。

“也就是说，鸟羽田被害也是……”

“就如我刚才所说。Z 其实并不知道你的身份，但是却通过惟道知道了你要参加安槻大学二次招生，所以不在本地的事。所以在二月二十日的事件之后，Z 一度中止了行凶。直到三月十五日，Z 知道你回了老家，所以打算再次对你下手。可是这时，Z 仍然以为你的名字叫‘鞆吕木惠’，并对此深信不疑。因此，他拿到惟道晋所持有的学生名册，调查了学生们的家庭住址，找到了鞆吕木惠家的地址。”

“所以，他来到了小惠家？”

“那时，正好鸟羽田从小惠家拜访回来。因为你们的背影有些相似，所以 Z 就认为，那是你准备外出，并且认为这是个下手的好机会。于是用偷偷带着的刀子，向她刺了过去。”

“为什么 Z 会带着刀子？那时 Z 应该只是普通的‘侦察’情况吗。”

“如果有机会，他是打算当场行凶的。倒不如说，正是他这样的准备，导致了悲剧的发生。如果Z那次只是'视察敌情'，如果再寻找别的机会的话，就有可能在行凶前发现自己弄错了人。"

"……凶手，到底是谁？"

"确定Z的重要条件，最重要的就是以下两点。第一，知道惟道晋，对你抱有异常'执着'的人。所以Z并不是清莲学园的人。"

"有道理。惟道对于他的未婚妻谷本，都隐瞒了这一点，他肯定会出于保身考虑，不告诉学校的人的。"

"另一个条件，是Z只能通过惟道这个渠道，得知高千的名字。"

终　章

　　"那个——"千晓这样说着，战战兢兢地对菓说，"如果搞错了，可请您原谅啊。"

　　"你说什么？"

　　菓对这个叫匠千晓的年轻人的第一印象，就是让人捉摸不透。如果是和他单独见面，可能会马上认为，他是个不怎么起眼的男生吧。

　　元旦的早上，六点。菓发现，两年没见的高濑千帆，带着一个男人来找自己，这件事本身，就让菓相当意外。

　　"您是独生子吧？"

　　虽然搞不清楚对方想说什么，不过还是被他说对了，菓点了点头。"没错，然后呢？"

　　"不过，我猜，您会不会还有其他的兄弟呢？"

　　"什么？"

　　"可能是因为生病什么的，在您出生前就死了吧，那位兄弟——"

　　菓从这个年轻人的身上移开视线。一脸疑惑地望着千帆。千帆则若无其事地耸耸肩。看起来，千帆已经学会了成熟的接人待物的方式。菓不禁感到，这两年来岁月对她的影响。

　　"没错，"菓向着年轻男人的方向说道，"但是，你是怎么知道的呢？这件事，我可是没对砦木，或者警察局里的其他人说过。不，

224

应该不可能。我没有对别人说过，就连我的老婆孩子也不知道。除了我和我父母，没人知道我哥哥的事。可是我的父母已经去世了。你到底是怎么——"

这样说着的菓，突然毫无缘由地想到，这个青年，该不会是有什么读心术一类的超能力吧。如果和他单独见面的话，菓应该会更冷静地做出判断。可是，因为是高濑千帆带来的男人，反而让他如同被催眠了一样，有种微妙的错乱感。

"我是说，为什么你会知道这种事？"

"不，我不知道。只不过是觉得有这种可能而已。"

"为什么这么想呢？"

"是因为您的名字。"

"名字？"

"您的名字写成'正子'，读作'Tadashi'，不过其他不知道的人，都会读成'Masako'吧。这多半，正是菓先生父母的愿望吧——我是这么想的。"

原来如此——菓在心里佩服地想道。他感叹的并不是千晓的洞察力，而是现在仍然有能用这种方式看待事物的年轻人。

"这位兄长，在您出生前，恐怕是很小的时候就去世了。刚才我说了，可能是患上了什么病吧。而您的父母很自然地希望，接下来的二儿子，能够长命百岁，所以取了女孩也能用的名字。"

"没错。我们家是务农的，却有个世代男孩都短命的'传统'。所以，在我哥哥去世时，父母都希望能再生个女孩。可是，我生了下来，父母希望至少在名字方面能下点工夫——不，等等。你怎么知道我是独子的？按照这个理论，我可能没有兄弟，却可能有姐妹啊。"

"您之前曾经对高千说过，想要多生几个孩子，理由就是，觉得独子不好。我想，这话多半是您的亲身体验。只不过是瞎猜而已。"

天生多疑的菓，听到对方说只是瞎猜，反而开始觉得里面是否另有隐情。

"您小的时候，曾经因为父母给您取了女生的名字，而感到无法理解，甚至还认真地记恨过父母。再加上是独子，父母一定对您过分保护，干涉过多。您有过这样的经验吧。"

"说得就好像，"菓忍不住笑了起来，不知道此时用"愉快"二字来形容他的心情是否恰当，不过大概就是这种感觉，"你好像亲眼所见一样。"

"直到自己当了父亲，才体会到当时父母的心情吧。"

"算是吧。世界上没有不为孩子着想的父母，这就是真理。可是对于孩子来说，这却可能变成负担。要理解父母，只有等到自己也变成父母的时候——这也是真理。"

"嗯，没错。我还没到变成父母的时候。不过不管怎么说，我是无法把亲子关系这种东西客观地相对化。我总是把自己当成因为父母的独裁而被客体化的'被害者'。可是，世界是流动的，没有人会永远处于'被害者'的立场，自己总有一天也会成为'加害者'。能让人领悟到这一点的，也就是立场的改变——变成父母。"

"虽然是个人用语，不过对于你的'加害者'和'被害者'的说法，我还是有些抵触啊。"

"我只不过是把这种关系单纯化而已。我想说的，并不是实际意义上的亲子关系，而是更一般意义上的人际关系。"

千帆感到，千晓此时并不是在对菓说，而是在对自己说这一番话。

"在与别人相处时，我们总是会把自己置于'被害者'的位置。可是有时，我们也会成为'加害者'，或者有成为'加害者'的可能性。

但是关于这一点，我们却通常不会注意到，哪怕是注意到了，也无法接受和承认。"

利用自己的政治能力，在一连串事件中让媒体隐去受害者的名字，父亲的这些想法，也正是如此吧。对于父亲来说，一定是不想让女儿毕业的学校名誉蒙灰，才这样处理的。但是，从结果上来看，却助长了凶手的误解，招致了更多无意义的杀戮。也就是说，父亲也许认为自己是"被害者"，但其实也是"加害者"吧。

不，此时千帆已经没有了想要责怪父亲的念头。她知道，自己也无法逃避这种自我欺骗。

千帆总是认为，自己是父亲独裁的"被害者"。这一点是没有错。但是，她忘记了一点，那就是千晓所指出的——人际关系是具有流动性的。在这个现实的基础上，"被害者"很容易变成"加害者"。当人类意识到自己是"被害者"的同时，实际上已经变成了"加害者"。因为他们产生了错觉，认为可以利用自己是"被害者"的立场，将一切错误的行为正当化，并用此立场当作自己的免罪符。

一直到最后，香澄也没有告诉别人惟道与柚月步美的关系。因此，惟道也没有受到处罚，一直到现在还在清莲学园任教。而香澄自己则放弃婚约，离开了清莲学园。想到这里，千帆有些生气。有必要这样吗？这个人怎么这么笨啊。明明我已经让她忘掉那个男人了。

然而，那只是千帆的傲慢而已。现在想想，正是如此。千帆将父亲"强加"给她的那种东西，同样"强加"给了香澄。她所做的只是让受到伤害的香澄，受到了更多伤害而已。

对于小惠也是一样。千帆之前一直认为，自己是小惠的奴隶。当小惠和惟道的谣言出现时，两人的主从关系才第一次颠倒了……之前她一直这样深信不疑。但是，这一点恐怕也是搞错了。现在想来，并非如此。

从一开始，千帆就装出自己被摆布的样子，但实际上，被操纵的人却是小惠——她让小惠扮演暴君的"角色"。实际上，小惠才是真正被奴役的人吧。而千帆突然说要抛弃她，在小惠看来，实际上就是掌握她的生杀大权的人抛弃了她，这让小惠完全不知如何是好。如果千帆不是那样对待小惠的话，恐怕她也不会死。

"这起事件的凶手，恐怕也是这样吧，认为自己是'被害者'，而绝非'加害者'。而高濑千帆的存在，动摇了凶手的自恋心理，威胁到了其平和的心境，所以才做出了正常的反击——凶手对此深信不疑。这就是凶手的动机。凶手做的一切，就是为了守护自己的存在。这一切，都被凶手正当化了。为此，有三人——不，是五个人被害。"

"这些抽象的话题，"菓打断了他，"就先到此为止吧。"

"说得也是啊——指纹的对比情况怎么样了？"

"完全一致，"菓看了看千帆说道，"我还真是佩服你，东西能保管得那么好。毕竟是两年前的东西，居然还好好地保存着。那张他写着大岛幸代的联络地址的便条纸——全拜它所赐，我们才能进行指纹比对。"

"确实是他？"

"没错，就是木户光一。"

"在佳苗书店里，往我的包里偷偷塞书的人，就是你的'共犯'吧？"

千帆眼睛一眨不眨地盯着在雪中茫然站立的惟道晋说道。

"要想陷害我只有这种办法了。因为我知道，从我离开学校后，你就一直在跟踪我。所以，如果是你往我的包里放东西，我肯定会察觉到的。绝对是这样。也就是说，你一定有一个'共犯'——只有这种可能。不过我确实完全搞错了，你并没有什么'共犯'。那起陷害案，从最开始，就和你没有关系。"

"也就是说……是木户干的？"

"是那个男人搞的鬼。你多半应该并不知情吧。"

"我不知道。我当时还以为，你真的偷了东西——"

"被杀害的大岛幸代，也是以为我真的偷了东西啊。"

三月十六日。千帆突然出现在佳苗书店时，木户光一吃了一惊。为什么她会知道自己的存在呢……他当时应该非常震惊。

当然，他马上就意识到，千帆当时并没有怀疑到他，他并不想让千帆找到大岛幸代。那场偷书的事件，也就是木户光一自导自演的事暴露的话，那么一连串的事件真相也会就此暴露也说不定……木户光一害怕的正是这一点。

因此，木户对千帆说明的事，与事实完全相反。其实正是木户告诉大岛幸代有两个女孩偷了书，让大岛先抓住包里装有书的千帆，自己则去追那个并不存在的"共犯"女生，而后又装作跟丢了再跑过来——就是这样。

为什么木户要演这样一出戏呢？目的就是，想要知道千帆的身份。这样一个偶然走进书店的女生，正是他所追求的最好的"素材"。这个女生具备他日思夜想，想要杀掉的人的所有条件。而千帆本人，又绝妙地刺激了他的自恋心理，因此他才必须杀掉千帆。

马上计划杀掉千帆的木户，导演了这么一出偷书的戏码，目的则是想要她出示学生手册——这就是木户原本的想法。他让大岛幸代来处理这件事，是不想让之后自己要杀掉的人，对自己的脸留下印象，所以他绝对不是惟道的共犯。而那一天，也是木户和惟道第一次见面。

如果那场自导自演的偷书事件，借由大岛幸代的证言被发现是他所为，那他以千帆为"目标"而做的一系列杀人行为，就会暴露出来了。因此，在达到杀害千帆的目的之前，绝对不能暴露自己的存在——他这样想着，所以才杀害了大岛幸代，甚至连小孩子也不放过。就在千帆在佳苗书店对面二楼的咖啡馆里等待时，他从书店的后门前往大岛幸代家里，行凶之后，又若无其事地回到店里，装作刚刚完成书店的工作一样，来到咖啡馆，把大岛幸代的联络方式交给千帆。那时木户身上的香气，是为了掩盖苏格兰威士忌的味道而特意补上的。恐怕在木户闯进大岛家时，大岛正在喝丈夫的威士忌吧。对方没有把瓶盖盖好，就直接拿起瓶子向木户挥动，也洒了木户一身。当时目击者闻到的，正是这个味道。虽然木户后来脱下了淋湿的毛衣，把下面的衬衫也擦过，但是不能完全去掉酒味，只能用香水掩盖。

"——你和木户，"在千帆的催促下，和她同行的年轻人开口说道，"那一天是第一次见面吧？"

这个年轻人是什么人？惟道只关心这件事。但是千帆的眼神却透出拒绝回答这个问题的意思。

"是木户引诱你和他发生关系的吧？"

惟道的嘴唇颤抖了起来。他想转向说出此话的年轻人，却无法从千帆身上移开视线。

"木户看到高濑第一眼，就直觉她是自己的'敌人'。因此，他当时就决定杀掉她，所以才演出了偷书的戏码，就是为了知道她的身份。可是你当时插了进来。当时木户认为，通过接近你来了解她的身份更方便，而你对她的执着也十分露骨。所以木户正是为了达到自己的目的，而利用了这一点。"

利用……惟道险些就回嘴说，别开玩笑了，他利用我？根本就是我利用他。

"木户开始接近你，和你发生关系。虽说是为了收集情报，不过其实也不一定要做到这一步。他那种不想输给千帆的对抗意识，才让他有如此行为。这都是由男人的自恋心理催生的，而你也接受了他。当然，对木户来说，你的存在价值只不过是为他提供情报而已，除此以外，别无他意。如果计划需要，他也可以把你当成'弃子'而牺牲掉。让小惠杀掉你，就是这个意思。还好此事未能成形——说起来，你完全没有意识到，女生宿舍的钥匙被他拿去了吧？"

惟道无力地摇了摇头。他的眼睛和之前一样，不是看向年轻人，而是仍然望着千帆。

"没错吧。恐怕你所配的钥匙，被他拿去配了一把新的。木户还配了一把你公寓的钥匙，交给了鞆吕木惠——说起来，惟道先生，你当时为什么要配女生宿舍的钥匙呢？"

"为什么……"

"有什么特别的目的吗？"

"目的……其实并没有什么目的。只是、只是……"

"只是？"

"只是，想和她……"说到这里，惟道终于从千帆身上移开了视线，"只是想和她，产生一些联系吧。哪怕只是能看看她……就是这样。真的，真的只是这样。实际上，我根本没想过要使用那把钥匙。我自己一次也没有用过。"

"因此，它被木户拿来做坏事了吧？"

"你啊，"这时，在千晓身后的菓说话了，"早就知道木户是凶手，

231

是吗？"

惟道一直以为千帆的同伴只有一个人。此时看到多了一人，而且还是两年前讯问过自己的警察，不禁大吃一惊。

"为……为什么？"

"因为你提出了奇怪的不在场证明——看到有人倒掉威士忌。"

"可是，那都是真的——"

"原来如此。的确，在十八日晚上，那的确是真的。因为，证人就在这里。你那天夜里，在十一点十分，在公寓楼梯上碰到的人，就是高濑千帆。"

千帆就是那个神秘人物？此时惟道可没有为此事震惊的余地。要怎么办呢？他感到一阵眩晕。为什么连警察都来了？好像……这不是好像，把我当成了"犯人"一样吗？

"可是你啊，却主张在二十日，也就是能马小百合被杀那一晚，也有同样的不在场证明。可是，在二十日晚上，并没有在河边扔掉酒瓶，还清洗了酒瓶的人。至少高濑千帆没有这么做。这一点，你应该最清楚了吧？"

"可、可是，除了我以外还有其他目击者……"

"的确是有，就是附近的主妇们。可是她们所目击到的，不就是你自己吗？"

为什么，你们会连这个都……惟道差点儿说出口。

"其实，你并不是没有不在场证明。只不过在二十日晚上，你和你当时的学生柚月步美在你的公寓里吧。"

柚月步美在高中毕业之后，顺利地成了惟道的妻子。因为柚月娘家颇有财力，所以才建起了与惟道自身经济实力颇不相符的房子。

而现在，她正在他的背后，不安地看着在雪中站立的丈夫，还有和他对峙的三个人。

"所以，在这起事件中，你是有不在场证明的，但是你没办法光明正大地提出来。因为你明明是老师，却对学生出手，一旦此事暴露，你恐怕就连饭碗都不保了吧。"

"等一下，这里可是有矛盾的，"惟道感觉到妻子在背后注视的视线，反击道，"主妇们目击到的倒威士忌的人的时间和行凶时间应该是同一时间。当然，那时我们还不知道行凶时间。如果真是我自己扮演那个倒掉酒的人，那么我就是故意让主妇目击到我的，岂不是代表我预先已经知道能马小百合会被杀？"

"没错，"菓毫不犹豫地说道，"所以我才来问你。你很清楚木户光一的杀人计划吧。你明明知道，却假装不见，我就是想问你这个。没错吧？"

"不、不是的，"反被对方将了一军，惟道后退着说，"我、我可不知道。"

"那你为什么像是能预测到二十日晚上发生的事件一样，去制造不在场证明呢？"

"我、我可没有预测到会发生事件。我、我只是……未雨绸缪。"

"为什么呢？"

"……那天晚上，步美突然来到我的公寓。那时我就觉得不安起来。因为前几天，鞆吕木惠被杀的晚上，我和木户一起在酒店。后来我知道发生了命案，就慌了神。如果我被怀疑上了该怎么办呢？实际上，到了第二天，学生们就开始传起了谣言，说是我杀了鞆吕木惠什么的。如果我要提出自己的不在场证明，就必须得说出那天晚上，我和男人在酒店这种事……我这么想着，感觉不妙。幸运的是,鞆吕木惠被杀和我在酒店的时间并不重合。如果需要不在场证明,只要主张我在楼梯间和神秘人擦肩而过就好。想通这一点后，我稍微有点安心了。可是虽然安心，却还是经常有种绝望的不安感，总觉得什么时候会露出马脚。而那天晚上，步美来了我家，我又开始不安起来……总觉得我和步美在一起的晚上，又会发生些什么事。"

菓挑了挑眉，将视线从惟道身上转移到千晓身上。

"如果真的出了事，我肯定不能说，我和学生在自己家里过夜。实际上，虽然是她硬跑到我来的，可大家一定会觉得，是我叫她来的。这么想着，我就不安了起来。所以我和她发生关系之后，等她睡着，就回忆起了前几天看到的神秘人物。于是我做出相同的打扮，然后往空的酒瓶里倒进茶水，放进纸袋里。像那个神秘人一样来到河边。将瓶子里的水倒出来，又清洗了瓶子。不过主妇们似乎只看到我沿着河走下来。"

"你是害怕你和学生过夜的事被人发现吧？结果这未雨绸缪确实起了作用。"

"可是，可是这也是没办法的事啊。因为十八日那个神秘人显然是喝醉了，才会做出这种奇怪的行为。我只是赌一把这种事再次发生的可能性而已。"

"果然如此，"被菓用眼神催促着，年轻人再次开口说道，"你知道木户就是凶手吧？"

"为、为什么这么说……"

"难道不是吗？如果刚才的解释没错的话，你应该是在晚上十一点以后扮成了那个神秘人物的。因为木户就是在柚月离开宿舍之后行凶的，那是晚上十点半时的事。开车也就是二三十分钟的距离吧。所以柚月到你的公寓也是十一点前后。你为什么制造的不在场证明正好和行凶时刻一致，这一点刚才也说过了。主妇们的证言，也说明了这一点。所以，你扮成神秘人物应该是在晚上十点半，也就是在柚月步美来到你的公寓之前……就是这样吧，你还不明白吗？那时柚月步美还没有出现，你又为何会感觉不安，认为要发生什么事件呢？"

惟道沉默地望着这个年轻人。为什么，为什么他非得被这个年轻人逼到这个份儿上，他产生了一股说不清的情绪。如果是她的话……如果是高濑千帆的话，不管是怎样的责备他都能甘之如饴。不，他甚至在心中，默默地期待着这样的事情发生。而这根本就是"欺诈"。

"那么，就由我来替你说明为什么会这样吧。因为木户本来就想让能马小百合去你的公寓，他真正想杀的是柚月步美。"

在惟道的身后，步美铁青着脸，颤抖着。

"可是，柚月却擅自读了寄给能马小百合的信。信里的内容，就是让她晚上去惟道的公寓。而柚月对能马隐藏了这件事，自己去了你的公寓。问题就在这里，不管是能马还是什么人，只要他想让人去你的公寓，就必须确认你当晚会在家吧。如果万一，你那天晚上出去喝酒或者因为其他事情不在，那可就麻烦了。"

惟道继续沉默着，不是看向那个年轻人，而是望着菓的方向。为什么，明明你是警察，却让这个外行人在这里喋喋不休？他的眼神在无言地说着。

"我想，多半是木户和你说，当天晚上他会去你的公寓吧，且在十点半之后。这应该是最简单可行的方法。当然，实际上他并没有去你的公寓，而是打算让能马代替他去。只要给你打个电话，找个理由说突然去不了就好，这样的话就能把能马骗到你那里去。木户是这么考虑的。实际上，虽然去你公寓的人是柚月，不过让柚月代替木户在你家过夜时，你已经完成了制造不在场证明的工作。这是为什么呢？那是因为在木户说他要来过夜的时候，你已经预测到会发生什么了，不是吗？"

看到菓没有说话的意思，惟道被一股绝望感侵袭。谁来阻止这个年轻人啊。

"进一步说，你其实从一开始就知道木户光一是杀害鞣吕木惠的凶手。"

"为什么这么说？"

"因为你对木户在关于高濑的名字方面撒了谎。你说她叫'鞣吕木惠'。"

为什么……惟道感到绝望，头晕目眩。为什么这家伙，连这些都知道？

"你为什么会说这样的谎呢？恐怕是因为你从刚开始在佳苗书店见到木户时，就感觉到了他对'高濑'的憎恶，又或者说是'恶意'。你知道，他一定会对高濑下手的吧……你感到一股危险，便没有告诉他高濑的本名，而是说出了高濑的室友鞣吕木惠的名字。"

一直到最后，木户都以为千帆叫作"鞣吕木惠"——甚至在杀鸟羽田冴子时也是这样。在第三起案件之前，千帆曾经见过木户，并告诉了他自己的名字——高濑千帆。但是木户认为千帆是在说谎，因为千帆在被问到名字时露出不想回答的神情，所以才报出死去室友的名字。而木户也并不是真心想知道她的名字。他只是觉得，见到千帆这样的美人却不问名字，会让人觉得不自然。

"往更糟一步想象，你是不是也期待着，木户光一杀掉鞣吕木惠呢，所以才会撒那种谎？不用说，对你来说，鞣吕木惠是你接近千帆的障碍——因为她独占了高濑千帆的爱情。"

"这……"惟道口沫横飞地叫起来，"这全都是你的想象吧。全都是你自己空想出来的。"

他揪住年轻人的胸口，却感觉到千帆投来的针刺一般的视线。如果杀了这家伙的话……惟道妄想着，她会做何反应呢？为了看到这一点，没准真的有弄脏自己手的价值。

"那……那么，"惟道从妄想中回过神来，继续口沫横飞地说道，"你们有证据证明木户光一就是凶手吗？"

"首先，大岛幸代和儿子被杀时，他没有不在场证明。另外，惟道先生，你自己的行动也证明了这一点。"

"我的行动……"

"木户让高濑在佳苗书店对面的咖啡店等他这段时间，他去大岛家行凶。而这时，他不在店内。所以，你当时想要找他，才会进出店里。当时高濑误以为你是在找她，但实际上，你真正在找的人是木户。那时，柚月步美已经开始住在你的公寓里，所以你要和木户说话，只能在外面见面，我说得没错吧。"

由千帆证明了不在现场的惟道，却反而证明了木户的确不在现场。当然，他是不会这么简单就放弃的。

"假设……我是说假设，真的是这样，这也说明不了什么。哪怕你们证明了，木户那段时间的确不在书店里，也不能断定他就是凶手。对啊，这种状况可不是有力证据，你们有更有力的证据吗？"

"有的。"

"咦……"

"是指纹。"

"指……纹？"

"他可是相当小心，每次行凶时，都会戴上手套，不留下任何痕迹。但是，他很乐观地认为，自己不会浮上搜查线的水面。因为毕竟，木户和这些受害者们都没有直接关联。他最初的目标，只有高濑。因为他和高濑之间也没有任何联系，所以他认为，自己根本不会被注意到，所以便大意了起来。而证据就是，木户在唆使鞘吕木惠杀你时，明目张胆地让鞘吕木惠看到了他的样子。如果鞘吕木惠真的杀了你，那么被警察怀疑的鞘吕木惠，很有可能就会把他供出来了。可是，木户却有自信，绝对不会把怀疑引到自己身上。因此，他只在一个地方犯了错误。"

"错误？"

"他没有回收在女生宿舍坡道下的邮筒那儿贴的胶带。"

"胶带？"

"在邮筒下，用胶带贴着你公寓的钥匙。这是为了把钥匙交给鞘吕木惠，同时，也是确认鞘吕木惠是否去往你公寓的手段。小惠多半是用戴手套的手直接取下的钥匙，所以胶带上没有她的指纹。不过，被偶然留下的胶带上，却有一枚身份不明的人物的指纹。我们让警察进行了比对，结果果然是木户光一的指纹。"

"这……为什么，会留下指纹……"

"木户在往邮筒下贴钥匙时，应该是摘掉了手套吧。戴着厚厚的手套，是很难把胶带贴好的。在他看来，只要钥匙上没有自己的指纹就行了。如果按照他当初的计划，鞘吕木惠杀死你，肯定会受到怀疑。鞘吕木惠在警察的问讯之下，很有可能会把从邮筒下拿到钥匙的事说出来。所以，他注意到，在钥匙上不能留下指纹。但是因为胶带很难处理，他还是摘下了手套。在他看来，以后只要再回收这条胶带就可以了。只要在确认鞘吕木惠去往你公寓之后就行了。可是当时，他确认钥匙不见的同时并没有处理胶带。恐怕是因为事出紧急，他决定还是杀人是最优先之事，之后还有回收胶带的机会。结果，他却没有回收胶带——你知道这是为什么吗？"

"……为什么？"

"因为，他杀掉了鞆吕木惠本人。所以钥匙的存在，以及坡道下的邮筒的事，都无法再从鞆吕木惠的口中外泄。因为鞆吕木惠已死，所以他就完全忘记了胶带的事。可是警察却因为小惠在死前留下了关于邮筒的信息，从而找到了那个邮筒。"

"这……在那里检查出木户的指纹，可以作为证据吗？"

"应该是可以吧。如果他不能说清楚，自己为什么会在那里留下指纹的话。"

此时，惟道背后传来步美的声音。千帆听不清她说什么，似乎是在责怪惟道。又或者是，在木户光一向他打听最初事件的目击者身份的时候，说出了步美的名字，她正在因此而怪罪他吧。如果惟道曾经期待过鞆吕木惠被杀，那么是否也同样期待过步美被杀呢……如此怀疑的当然不只是千帆一个人。

菓和千帆，还有千晓，轻轻握了握手，在雪中离开了。

"我这是……"千帆和千晓并排走着的同时，低声地呢喃着，"被诅咒了吧。"

"为什么这么说？"

"因为，都是因为我，有三个人……不，有五个人被杀了。"

"虽然事情看上去貌似如此，可这不正是高千最讨厌的那番论调吗？"

"咦？"

"如果你的父亲对你说，他为了你可以牺牲任何事——如果他这么说的话，你会怎么想？"

"当然会觉得，这是在说什么鬼话啊。"

"没错，这是一样的。"

"什么意思？"

"认为自己应该对他人的人生负责，这是种非常傲慢的想法。"

"你这家伙，果然是个讲歪理邪说的天才。"

"谢谢你这么夸奖。"

"对了，你要回安槻吗？"

"没错。"

"可我还想再在这里住一晚，你也陪我再多留一天吧。"

"嗯，为什么？"

"这还用说，当然是让你见见我父亲了。"

"见你父亲？"

"我在想，要是你见到我父亲，你们俩会进行怎么壮阔的，不，是可怕的讲歪道理的比赛。我好想见识一下啊。"

"什、什么啊！"

"我开玩笑的啦——行吧？"

"这个嘛……倒也没关系。"

"对了……"

"这次算是欠你一个人情"，千帆想要这么说，却住了口。她想，千晓应该不会喜欢什么借、欠一类的话吧。可是对她来说，自己的确是欠了千晓一个人情。

"什么？"

"……如果，你有什么麻烦事的话——比如说，像我这次一样，如果是匠仔自己解决不了的问题，就让我来帮你解决吧。"

"这，还真是多谢了。不，我可不是讽刺你，是真心谢谢你。"

"如果真有那种事发生的话，应该在我们大学毕业之后了吧。不过也好，不管你是在日本的何处，不管是多大年纪，我都会赶过去。哪怕你结婚了，哪怕你有了孙子……我都一定会去，会去找你的。"

如同千帆问题的根源出自她的父亲一般，千晓的问题，恐怕是源于他的母亲吧——千帆如此想象，低声呢喃了起来。

再见了……小惠……

我一直以为，是你"束缚"着我，直到你死去也不愿意解放我。可是，事实并非如此。是我不愿意解放你。没错，一直认为自己是"被害者"的我，实际上，正是你灵魂的"加害者"。

所以，这次是真的再见了。小惠，这次是真的……

在降下的漫天大雪中，千帆向前伸出手，探寻着千晓的手。

那是为了紧紧握住，由他为自己争来的——"自由"。

图书在版编目（CIP）数据

苏格兰游戏 ／（日）西泽保彦著；赵婧怡译 . —— 2 版 . —— 北京：新星出版社，
2022.12

ISBN 978-7-5133-4995-6

Ⅰ . ①苏… Ⅱ . ①西… ②赵… Ⅲ . ①探小说－日本－现代 Ⅳ . ① I313.45

中国版本图书馆 CIP 数据核字（2022）第 164411 号

午夜文库
ｍ
谢刚 主持

苏格兰游戏

[日]西泽保彦　著；赵婧怡　译

责任编辑：王　萌
特约编辑：郭澄澄
责任印制：李珊珊
封面设计：@broussaille 私制

出版发行：新星出版社
出 版 人：马汝军
社　　址：北京市西城区车公庄大街丙3号楼　　100044
网　　址：www.newstarpress.com
电　　话：010-88310888
传　　真：010-65270449
法律顾问：北京市岳成律师事务所

读者服务：010-88310811　　service@newstarpress.com
邮购地址：北京市西城区车公庄大街丙 3 号楼　　100044

印　　刷：北京美图印务有限公司
开　　本：910mm×1230mm　　1/32
印　　张：7.75
字　　数：128千字
版　　次：2022年12月第二版　　　2022年12月第一次印刷
书　　号：ISBN 978-7-5133-4995-6
定　　价：48.00元